所有
罕见的鸟

All rare

栗鹿
著

birds

江苏凤凰文艺出版社
JIANGSU PHOENIX LITERATURE AND ART PUBLISHING, LTD

图书在版编目（CIP）数据

所有罕见的鸟 / 栗鹿著. —南京 ：江苏凤凰文艺出版社，2019.11
ISBN 978-7-5594-4061-7

Ⅰ. ①所… Ⅱ. ①栗… Ⅲ. ①短篇小说—小说集—中国—当代 Ⅳ. ①I247.7

中国版本图书馆 CIP 数据核字(2019)第 216824 号

所有罕见的鸟

栗　鹿　著

出 版 人　张在健
责任编辑　李　黎　牟盛洁
装帧设计　马海云
责任印制　刘　巍
出版发行　江苏凤凰文艺出版社
　　　　　南京市中央路 165 号，邮编：210009
网　　址　http://www.jswenyi.com
印　　刷　江苏凤凰通达印刷有限公司
开　　本　880×1230 毫米　1/32
印　　张　7.5
字　　数　155 千字
版　　次　2019 年 11 月第 1 版　2020 年 6 月第 2 次印刷
书　　号　ISBN 978-7-5594-4061-7
定　　价　42.00 元

目　录

所有罕见的鸟

我的头发悲伤如干涸沼泽中的芦苇
——所有罕见的鸟拍打着美丽的翅膀逃离我。

——阿米亥

回崇明的路上，异常通畅。谈恋爱那会儿还没通桥，我有时陪妻坐船回家。一大早就要在徐家汇坐 15 路电车到北站，再从北站乘坐 51 路公交车，一直坐到天黑才能到达吴淞码头。

经历了长途跋涉之后，上船就像在登一座崎岖的山。可能是妻的行李太沉，我时常怀疑里面藏着一具尸体。不知为何，只要是妻的物品，都要沉一些。好奇心的驱使下，我曾偷偷称量过她的活页夹、记事本、胸针还有彩色的宝石——我失望地发现，它们的重量并没有异于常物。她的体重也看上去沉不少。上学时，我用自行车载她，就要经常给轮胎打气。结婚后，她在夜里抱我，到了半夜我就会梦到被蛇缠住，感到窒息。只能小心地推开她，或者索性睡到另一头。

我似乎从未真正抱起过她。

“我的身体里，不只有我自己。”妻曾说。

妻的睡眠很轻，像一只随时担心被掠食者掳走的食草动物，片刻也得不到真正的放松。不过，每当回崇明的航程过去一半她都会沉睡过去，就像回到母体的婴儿获得了珍贵的满足。在摇曳的船舱里，她的头安心地枕在我的肩上。不时发抖。大概是做梦了。看着饱尝甜蜜的她，我忽然意识到，无论妻身处何方遭遇怎样的命运，都有怀抱她的故乡，这是何其难得的一件事。靠近岛屿的时候，江面总迷着一层雾。用不着提醒，妻就在这时醒来。就像混沌中的人慢慢恢复记忆那样。

通桥后，我们倒不常回去了。

年轻时盼着出岛。

但遇到大风或起雾的天气，就出不去。有时一停一个礼拜。要出岛就得提前致电给气象局问一问天气。

“这里是崇明气象局。查询天气请按 1，如需帮助请按 0……”

没等语音结束，我们就迫不及待地按下 1。也不知道有没有人按下过 0。

即使停航了，旅客依然不断涌入码头，队伍越排越长。他们并非不知道希望渺茫，但依然想来碰碰运气。也许是习以为常，等船的人们秩序井然。卖茶叶蛋、五香豆腐干的小商贩体贴地在队伍中来回穿梭，招待着饥肠辘辘的人们。

也有心态好的旅客立刻就三五成群，在候船室里打起扑克牌。岛民喜欢赌博，常耳闻有人打牌输到借高利贷的事。岛上很闲嘛，不像大城市。大家住得近，凑一桌麻将很容易。男男女女聚在一起抽烟、聊天、嗑瓜子，难免感情深温。噶姘头的事情也大多发生在牌友之间。姆妈喜欢打牌。阿爹有时也打。

不开船的时候，轮渡公司的员工无事可做。只要在码头上转一圈便知，他们也打牌。为了掩人耳目，他们都躲在船舱里打。车客渡太空旷，他们喜欢窝在高速轮里打，船舱大小接近棋牌室。海浪凶时船晃得厉害，不习惯的人一上船就像软脚蟹一样动弹不得。但他们照样打得风生水起。他们是最不担心停航的人。

只要海事一发通知，消息很快传开。零零散散的旅客立马汇聚起来，重新归队等待放票。就像有序落入网中的凤尾鱼群。也有停航好几天的情况。实在有要紧事，也只能在码头上望眼欲穿。害怕船就这样永远都不再来了。

如今真正离了岛，却也不惦记着回去。不是不想家。

上流的泥沙不断汇集在此，岛屿越长越大，终究要与大陆连结为一体。

它似乎已经退化成另一片更加陌生的大陆。

只有在梦中，它轻似一片落叶，漂流到未知的海洋。

回归它的孤寂。

妻依然坐在我身旁副驾驶的位置。不同的是，我们好像并不熟识那样，所有的话题都要突破厚重的铠甲才能被释放出来。

“也不知姆妈是怎么走的。”我脱口而出，马上又后悔。

“我听大姐说，姆妈走的时候一个人在家。幸好第二天钟点工来打扫，及时发现。她那时坐在藤椅上，让人以为她睡着了。大姐说，那张藤椅就和家里那张一模一样，她还以为是姆妈搬过去的。回到家才发现藤椅还好端端摆在起居室，落了一层厚厚的灰。把家里上下打扫一通后她打算在藤椅上休息一会儿，没想到一坐下去，就散了。幸好只是螺丝松了，整体的支架没有倾倒下来。人也没伤到。”

“姆妈一直独自生活?”

“嗯。也请过住家保姆陪伴。去年保姆要求涨工资，于是不再请了。”

“生的什么病?”

“大姐也不知道。她们除了通电话，没有见过面。”

“下沙不远。姆妈为何不联络我们呢?”

妻不语。

虽然新修了公路，但岛屿的气息不曾改变。一到秋天，就有人烧秸秆。虽说现在不允许烧了，但岛上的人改不了这个习惯。照烧不误。公路边不时有灰黑色的浓烟一直往天空深处去。我们闻到了刺鼻的往事的气味。

又仿佛听到秸秆噼里啪啦地燃烧。随着气味愈发浓郁，这种燃烧就愈发接近我们的身体。很快背脊发热，一直热到脖颈，热到头顶。

饥肠辘辘。无论发生再坏的事情。肚子饿起来，就放到一边去。

“不知道晚饭吃什么。”我说。

“刚才大姐发消息给我，做了面拖蟹。明天的饭菜也订好了，亲戚不多，摆五桌。有豆腐菜，你爱吃的。”妻回答。

我们就这样一路过隧道、过江、过桥。新修的公路转眼为狭长的小路。狭长的小路渐渐长出了红彤彤的柿子，远处铺满等待收割的稻谷。路越小就越清晰，更接近记忆中的样子。很快我们看到鸭群。它们依旧在小河里嬉戏。一头扎进水里，露出肥硕的屁股。河流似乎比从前清澈，却不见鱼蟹的踪迹。更没有龙虾。河流边湿润的泥土早已被水泥覆盖住。那些生机勃勃的洞穴也被覆盖。

闻到螃蟹的味道了。还有让人踏实的淀粉的味道。

按照岛上的习俗，丧事要办三天。

妻说，老人走，一般都按喜事办。家属早就备好喜糖，里外发一遍。还要请专业的乐队过来演奏。一般到第二天，就有嗅觉灵敏的小商贩过来做生意。推车上卖洋泡泡、竹蜻蜓和各种小零食。俨然过节的氛围。

“现在讲究从简，那些东西不时兴了。也好，省得麻烦。”

我们守了两夜，困倦极了，也终于明白为什么要为至亲守夜。一来为了烘托悲伤，二来为了消解悲伤。第三天凌晨，累得不行，不知不觉就在灵堂里睡了。虽已入秋，但并不寒冷。外甥女给我们一人一条毛毯，我们就这样不省人事睡到早上。

是一阵风把妻唤醒的。后来她说：我感觉有人抚了抚我的背，然后把堂里的门打开走了。我听见开门声就醒了。我猜姆妈就是那个时候走的。

“真的是姆妈？”

“阿爹年轻时爱读三国。和姆妈闹了别扭，就喜欢搬出曹操哄丁夫人的那套，一边抚着姆妈的背，一边赔笑：顾我共载归乎！不知为何，姆妈只要听了这话，无论再大的气也消得无影无踪。只能笑得垂柳一样。后来阿爹走了，姆妈就经常抚我的背。”

门确实开着。而昨夜是我亲自关的门，拴上了插销。但妻的话始终叫人怀疑。我相信阿爹确实提起过这个典故，但姆妈不至于把这个细节放到心里。阿爹走后，妻和姆妈之间几乎没有往来，又何来抚背之说？我更倾向那是妻的一种向往。

忽然想起，妻倒是很爱抚我的背。她时常说我人瘦，背上没有肉。用温热的手搓一搓一定很舒服。也确实如此。妻的身段细长，却长了双十分白净细腻的肉手，不凉不烫，温度适当。手在背脊上滑动，就像温顺的小兽雀跃地攀爬。

出神之际，亲友们陆续来了。

妻虽是独女，却因长期在城市生活，对农村的婚丧习俗一概不知。阿爹去世时，帮忙的亲戚多，她几乎没出什么力。这次姆妈走了，大小事也完全由几个近亲顶着。全是阿爹那边的亲戚。

很多家族的线索，都是从各种近远亲戚的婚丧嫁娶场合上串联起来的。

出力最多的是妻的大姐，姑妈的女儿。大姐比妻年长毛二十岁，为人处世也像长辈。姆妈的遗体就是她亲自去下沙接回来的。姆妈和她年纪相差不大，像姊妹似的。也只有她知道姆妈后来的一些事。

大姐夫不到三十岁人就没了。我从未见过他。听说割芦叶的时候，被突如其来的大潮卷走了。那天风呼呼的，芦苇又青又湿。糯米已经买好，就等着芦叶来包。妻说，大姐夫的尸体始终没有找到。兴许没有死。在另外的地方活得好好的。

如今大姐已有孙辈绕膝，也算圆满。虽然大姐一生都在田间地头忙碌，但年轻时也以好口才出名，在村广播站里当过播音员。这一次她自告奋勇，要为姆妈哭丧。我们问了几位长辈，都说合乎情理，于是便请她来哭。令人意想不到的是，大姐就像生来会做这一行，哭起来情绪饱满，逻辑通透，得体地总结着姆妈的人生。让人敬佩。哭累了，她也和身旁的妻说些散话。

“领养一个孩子吧。”

老生常谈。

“我们有猫。”

“猫顶什么用。能给你们养老?”

“哎呀，阿姐你不要多事了。人家夫妻间的事情你凑什么热闹。他们不想要小孩，你劝也没用。”

为妻挡话的是二姐，姑妈的小女儿。她与妻最为熟络，也是平日唯一有联络的亲戚。不过她几年前已经移民加拿大，不常回了。崇明的房子留给弟弟一家。听说姆妈走了，她马上订了机票。人还没怎么整理，就匆忙来了。二姐在国内没有根基，妻就邀请她住到家里来，她却坚持不麻烦我们，在城区订好了酒店。她上次回国还是三年前，回来和前夫办离婚手续。听说那时姐夫已经转移到深圳，和同居的女人生了一个男孩。办完手续，二姐就来上海找我们，简短叙旧，带着她体格健壮的女儿文文。文文看起来对父母离婚的事并没那么上心。她开始热衷发现中国网站的一些乐趣。二姐说，回国后只要有空她就钻到网吧里，玩到饭也忘记吃。

我记得当时是冬天，文文上身穿着连帽衫，下身只穿着一条休闲短裤，中文说得很流利。但有些词汇习惯用英文表达。

比如爱，就要说Love；讨厌，就要说Hate；难过，就要说Sad。我们在新天地的露天咖啡馆喝下午茶，特意为文文点了个巨型尺寸的巧克力松饼，然后把事先准备的新款乔丹球鞋送给了她。她礼貌地表示感谢，虽然没有表现得很兴奋，但看得出她很喜欢那双鞋。第二天送机时她已经穿在脚上。

趁我们说话的工夫，文文利落地吃掉了松饼，以及一颗香草冰淇淋球。二姐骄傲地拍着她浑厚的背，告诉我们她已经被选进校篮球队。以后的梦想是当兽医。

“专门救治野生动物，比如狐狸、马鹿和北极熊。”文文补充。

“那你要去很远的地方才能见到它们吧？”看似走神的妻却突然问道。

“嗯，要深入北极圈。”文文回答得干脆而坚定。

这次二姐回来已经拉着妻哭了一通，她说文文坚持要变性，最近他们在冷战，所以没带她回来。据说文文已经开始服用激素药物，长了腿毛和胡子。“没有姑娘的样子，声音也哇啦哇啦，像个男人。”二姐像八卦别人一样讨论着自己的孩子。

妻始终认为那是二姐的一大优点，不管经历怎样的大风大浪，最后还是会看开。“她会站在文文那一边。”果然，哭完一通后二姐掏出钱夹，给我们看孩子最近的照片。理了个干净的寸头，确实一点都看不出女孩的样子。

“真帅。”妻夸道，“男孩的样子更适合她。”

二姐破涕为笑。

“名字改了吗？我记得以前叫Daisy。”

"改了，自己改的。现在叫 Isaac。身份证上也改了。"

"Isaac。"妻若有所思地重复道。

我们猜，二姐已开始接受她崭新的孩子。

葬礼上，妻又说起了那件事。

姆妈是鹤变的。

我当然不信。听说姆妈是从下沙的天主堂里抱养来的。那些年，有人生了女婴就往那里送。姆妈和阿爹结婚以后就和家人断了联络。虽然不走动了，但真要查起来，姆妈的身世总还是查得清楚的。再说派出所也有出生记录啊，怎么可能是鹤变的。

但仔细观察妻认真的面貌，又不免动容、不免怀疑。或许妻是疯了？

第一次听说这事的时候，我还挺入迷。

岛上有鹤群。

它们的外表像修女，栖息在湿地、田野中。冬天临近的时候，它们就飞来度过漫长的冬季。谁也说不清它们是最早来的那一群，还是新生的那一群。岛上历来都有捕鸟的人，原先人们常做了弹弓打鸟。打中了，晚餐就添一道野味。

后来人们逐渐认识到珍禽的价值，就学会用网、猎枪甚至毒药去捕鸟，捕获珍禽后就拿到镇上去卖。

不管多么美丽的鸟，都会被吃掉。有人吃天鹅，有人吃白鹳，有人吃孔雀。当然也有人吃鹤。只不过鹤最为罕见，常常有价无市。

一些聪明的候鸟早就不来这里过冬了。

但那些鹤依然来。

阿爹家里有捕鸟的传统。阿爹不仅会用竹笛吹彩云追月，也会用竹哨模仿鸟的叫声。不过这都是后来妻告诉我的，我始终没有机会听到这种失传的技能。多年后，阿爹成了一名公务人员，谁还会提起他年少时曾经捕鸟为生。况且现在崇明是生态岛，捕鸟已属违法行为。更是万万不可再说了。

沼泽地附近，居住着一位少年。

他和父亲学习鸟哨。

他对这个世界知之甚少，只是喜欢用竹哨模仿鸟的声音。哨一响，就有鸟飞过来。少时两三只，多时数十只。他常嘲笑鸟的愚笨，怎么连竹哨声和同类的呼唤也分不清。

秋天，少年初次跟随父亲进入湿地深处。哨声意外引来了罕见的鹤群。它们好像在寻找着什么。

少年发现，就在不远处，一只幼鹤落单了，羽翼上还粘有些许血渍。他的心脏一紧，正向它靠近的片刻，父亲端起猎枪，打中了它的胸膛。

它朝远去的鹤群哀鸣了一声，然后死去。少年听懂了它的恐惧与不解。

那一刻，他愿意替鹤去死。

“你看她总在离家、逃跑，就是为了回到鹤群啊。”

姆妈身上披上了神奇的色彩。

妻在写小说。不。她在构思。电脑文档里存着几千条构思，真正写下来的不多。遇到满意的构思，她也会和我说。说的最多的就是关于沼泽的想象。但那些大多都只是外表新奇，趋于虚妄的故事。我从来没见过真正完成的稿子。没有人关心她到底写了什么。我常分不清妻到底在和我讨论一件真实发生的事，还是在说她的构思。这次大概两者都不是。说法变了，故事也不是那个故事了。

深秋，已开始发冷。一些候鸟的先头部队已经抵达湿地。它们整理毛发，抖落异国的尘土，细嗅沼泽的丰润。它们没有天敌，唯一要当心的是捕鸟人的猎枪。那是父亲第一次去捕鸟。

天还没亮，他们就偷偷潜入湿地。

他穿着高到大腿根部的胶鞋，掌心冒着汗。经过北风的凛冽，芦苇变得像刀子般锋利，不小心刮到脸，就是一记火辣辣的印痕。就像祖父训斥他笨手笨脚时毫不犹豫的掌掴。但此刻父亲是信任祖父的。祖父走在前头，他就寻着祖父的脚印走，不敢偏离分毫。

他知道脚下是无数死者。

他们陷入淤泥，缓慢死去。没有人能听到他们遥远的呼救，他们就这样绝望着，望穿地心。

天光微微发亮，背部开始发暖。雾逐渐消散。突然，芦苇荡里传来一阵动静。必定不是鹪鹩、麻雀那样娇小的身躯所发出的。甚至比鹳鸟、野鸭、白鹭还要再大些。他们暗暗惊喜，几乎在同时屏住了呼吸。

父亲跟随祖父慢慢靠近，枯色的芦苇中隐现出一个修长、罕见的身影。

白色头巾，黑色长衣。

是修女吗？她们有时来这里救落入网中的鸟。

不，是鹤。但定眼看时，又不确定了。

祖父举起猎枪。已来不及阻止。

惊恐像毒液般从身体中心扩散开，他感觉自己的血已变成黑色。

子弹划破了她的身体。血浸入沼泽，灌溉了凛冬的干涸和地下的死者。

妻又补充：父亲和母亲结婚以后，仍怀疑她就是那只鹤。甚至，他是怀着这种好奇才与她生活在一起。这份爱，本就包含着痛苦、迷惑和悔恨。而母亲对父亲呢？大概只当做一根救命稻草吧。

为什么是鹤呢？问大姐，她显然比我更不解。

这次我找了个机会，和二姐提起这件事。

“鹤吗？好像有这么回事。小妹高考那年，娘娘不见了。”

“不见了？”

“又发作了吧。”二姐隐晦又不客气地说，“疯起来什么都不管。”

她拉着我来到屋外，发了根烟给我。她给我点上烟，再给自己点上烟。风很大，点了很久才点着。

“小妹面上没有受到影响，但终归差了几分，没考上心里的学校。这事肯定过不去了。”

“没听她提起过。”

“那些事，再提也没意思。我记得娘娘走后不久，差不多就要收稻了。田里热闹起来，有人发现一只鹤。腿被老鼠夹夹住，受了伤。小妹听说后就问那个村民要了去。还花钱请村里的兽医给它治了腿。”

“后来那只鹤呢?”

“养了几个月，越养越瘦。当我们以为它快死的时候，它不见了。”

“去哪儿了?”

“有人说被黄鼠狼叼走了。但小妹坚持认为，它飞去南边了。其实受了那么重的伤，早就飞不动了。”

二姐掐灭了烟，扔进待烧的秸秆堆里。

“不过是立春以后的事，候鸟差不多都在那时动身。”

轮到妻磕头上香了。这时妻才认真看了眼姆妈。

她的身躯已经缩了一半，皮肤干瘪了，让人想起家门前的那棵老棕榈也是这副萧瑟局促的模样。也许四五年前就开始死去，但直到去年才看出端倪，它早已不再长新的叶子。而最后一片枯败的棕榈树叶也被顽劣的孩子折了去，当作打仗的盾牌。这时棕榈树体内已经空空荡荡，充满回声。看多了让人心里发酸。

姆妈穿一身千鸟格的西装套裙，里面是荷叶领的丝质衬衫。大姐说，这套衣服就挂在衣橱里，套裙套着衬衫，都搭配好的。看着合适就给她穿上。就像是姆妈为自己准备的一样。

姆妈生前最要好看。妻说她年轻的时候还在城里著名的裁缝店里做过学徒。她手巧，画报上的衣服大多看一眼就能依样画葫芦做出来。无论日子过得多么艰难，都不能从她的穿着打扮上看出来。经济萧条的年代，她就专门捡边角料做洋气的假领子。套在毛衣里，每天换一个，看起来日日都在穿新衣服。妻曾翻出很多姆妈给她做的衣服，有百褶裙、呢大衣，还有时髦的喇叭裤。我们结婚时，姆妈还特地做了件烟灰色的中山装给我。其实样子很好，但适合的场合不多，就没穿过几次。

阿爹来不及告诉我们，姆妈离开前到底发生了什么。那时妻怀了身孕，即将满三个月，但依然整日像晕车似的，孕吐没有缓解的迹象。没有胃口，只能吃用菜汤煮的稀饭，人越来越瘦。姆妈知道后来照顾过她一段时间，给她带了新腌的包瓜。还做了草头饼。那几日她胃口忽然好起来，我也跟着舒了口气。姆妈一走，好像带走了她所有的胃口。她又开始食不知味。

“饿倒是饿，但就是吃不进东西。胃里是空的，有蝴蝶在飞。”

那时她总说她的肚子里有蝴蝶。

“那天吃了夜晚饭，她说去帮我买烟。小卖部离家近，她就步行去。但她没有回来。那时还没有通桥，船班开得晚。我猜她心里闹了别扭，去找你了。打电话给你，你说姆妈不在。于是我就开始等。等了两天还不见回来，只好报警。派出所的王队长你认识的，以前和我是同事。我们在检察院时，一起去过新疆体验过。也算老朋友。他说你放心，我确实放心，只要他答应了，至少心里有个底。”

阿爹虽这样说，但我们心里都猜到，姆妈许是和那个男人跑了。听妻说，自打她懂事起，姆妈就不断地在逃家。之前已发生过几次，但总是维持不了多久。她这辈子一直在计划着离开父亲。但把钱花完后，她还是会回来。最后一次回来的时候，姆妈已经五十岁了。听说对方做小本买卖，也有妻儿。我和妻仿佛见过那个男人，在夜晚，河流附近的柿子树下，他们说着牌桌上的闲话，然后依依惜别，俨然一对热恋中的小情侣。男人看起来比姆妈小很多。戴副眼镜，斯斯文文的。他们去了北方，但很快就被男人的妻子抓了回来，或许还被人打了一顿。回来时姆妈的眼睛是肿的。妻猜想男方那边就这样撂了挑子。我和妻都相信，这次她恐怕是不会再走了。也算过了一段安生的日子。姆妈开始没日没夜地看电视、打毛衣。她的针法尤其娴熟、流畅。眼睛盯着电视，手上的活还能不出错。那几年，我们全家都没再去商场买过一件毛衣。没想到她最后还是走了。

"过了几天，岸边出现一具尸体，王队长亲自打电话给我，要我做好心理准备。我怕影响你的情绪就没告诉你，但心里好像爬梯子时踏空了一截，从很高的地方摔下来。去认尸的时候，我已经感觉不是她了。拉开白布一看，果然从头到脚都是陌生的。死者的脸部被什么水里的东西啃咬得差不多了，看不出五官，也不知道什么时候才能被亲人认领回去。后来你去做产检，发现胎心已经停了。医生说是胚胎发育的问题，很正常。但你从此变了一个人。姆妈跟孩子你都不再提了。我也就不再提了。"

"蝴蝶飞走了。"妻说完就沉默了。我知道她生了病，却无能为力。后来她经常无缘无故就哭起来。医生说是荷尔蒙的关系，过段日子会好的。

"孕激素和雌激素正在打架呢。就像坐过山车。"

一年后，她不再哭了。真的不再哭了。

没想到先走的是阿爹。他终究没有等到姆妈回来。那天清晨，阿爹失足从楼上摔下来，不慎磕破了脑袋。他可能当时就晕了过去，血不断在流。

“如果家里有人，就不会发生这种事了。”当我赶到医院时，妻只和我说了这句话。

阿爹的葬礼，姆妈没来，我想妻一辈子不会原谅她了。

亲友们按辈分排好队，围着姆妈的遗体转了三圈。再依次献上香烛。

出殡时，已临近中午。但雾还是很大。太阳像裹着一层蚕蛹似的，似是存在着。又非常遥远。亦不含什么温度。岛屿被一种困惑所笼罩。等待拆解谜团。

忽然，天空传来明显的震动。院子里的老鹅开始叫了。不一会儿，几只玩耍的新发小黄狗咕咕蹿进窝里。老黄狗随后赶到，用一条绒绒的尾巴环绕着它的孩子。

我们也听到了。

“什么声音?”一个穿着红色卫衣的小辈探着身子朝天空望去。

天空依旧被厚重的雾团充溢着，什么都看不到。

“不会是地震吧?”人群中不知是谁说了一嘴。

宾客们惊慌失措。

还没等我们反应过来，群鸟就已从我们的头顶掠过。

黑压压一片，天光骤然暗下来。

“是什么?”

“是鸟啊。”

“这么多?”

“从来没见到这么多。”

大家七嘴八舌，也说不清是什么鸟。有人猜大雁，有人猜野鸭。也有说小天鹅的。候鸟有时经过这里飞去湿地过冬，有的还要朝更南的地方飞去。

“是鹤。”妻肯定地说道。

出发了。

我和几个年轻力壮的后辈把姆妈抬上灵车，然后把妻搀上来，安排她坐在我身边。他们不知道我们已经分居半年，葬礼前有数月未见了。我们心照不宣，打算什么都不说。我们依然相互依偎着，就像从前那样。前方雾蒙蒙一片，只隐约看得见闪烁的汽车信号灯。每过一个路口，每攀一座桥，妻都知会：姆妈，转弯了。姆妈，过桥了。

这时我才发现，姆妈的棺木里有一根羽毛，灰白杂色。大概是刚才鸟群掠过时被风带进来的。趁妻不注意的时候，我捡进了自己的裤兜里，时不时摸一摸。羽毛是潮湿的，也许它们刚刚到过有水的地方。

车上位子少，亲友多，两个座位三四个人挤着坐。大家都是认得几十年的人，此刻却相对无言，一时找不到话题。司机看起来不到四十岁，太安静了，他就提起他的叔父也在最近过世。还善意地提醒我们大礼之前要看一下报价单，尽量避开一些不必要的收费项目。

车窗大多半开着，小辈们轮流往马路上撒米。行至小路时，车辆贴过路边的柏树、松树。它们的枝干从车窗里不断伸进来，像乞者，像游魂。

撒米的手又缩回来。

米来不及撒完，已经到了殡仪馆。

入殓师是个清秀的女孩，年轻得不像话。几个年长的亲戚忍不住在背后嘀咕了几句：年纪忒轻了。眼神中流露出一闪而过的不信任。

“叫我小陈就行。”

谁也无法知道，这样一个干净体面的女孩为何选择了这份职业。我忽然想起妻嘱咐我事先准备的沉甸甸的红包此刻就躺在西装内袋里。心里顺畅不少。不过就是一份职业。能克服，就等于日常。日常所要经历的和偶尔经历的，有时可以互相替换。

在家时，大姐和妻已经帮姆妈净身过了。

“胳肢窝下面都烂了，估计早就有问题，没去看医生。”净身完，大姐和我说。口气中透着责备。妻家中的情况，她知道一二。“你也是无父无母的人了，以后乡下的规矩也要开始学起来。没有人再为你担着了。”

妻听罢这番严厉的话后，依然显露出一副自我的表情。从始至终她都是坚定不移的。

火化之前，小陈依旧坚持帮岳母再洗一遍。我和妻都不在场。净身结束后，小陈告诉我们，岳母的口中还有一些蛋糕，也许是吃着蛋糕时，安静地走了。

姆妈确实嗜甜。吃烧肉、吃粽子也要沾着白糖才过瘾。早年来看妻时，她常带一些崇明本地的糕点。崇明糕、云片糕，每一样都甜得不行。其实妻不爱吃，吃不掉总是送人。

“有云片糕吗?”妻转头问大姐。

“有的有的。”大姐赶紧从兜里摸了一把糖果出来。里面真有云片糕。

妻将云片糕一片一片掰入棺木中。

这时妻才畅然哭起来。我递纸巾给她，发现她哭得粉扑扑的，像映照在晚霞里的人。不免想起她年轻时爱哭的模样。她的心太软了，在马路上看到疑似动物的尸体，都要惊得一跳，然后紧紧拽住我的手。听她回忆年纪还小的时候，没有经历过什么重要的死亡，但对其中的程序尤其好奇。她喜欢模仿电视里办丧事，并抓住任何可能的机会加以排练。上学前，她已经为死去的蚯蚓、蝴蝶、蟋蟀、蛤蟆、麻雀等举办过葬礼，过程大同小异。先把尸体认真摆放在事先准备好的棺木（多是树叶和纸盒）中，然后挖一个尽量深的坑洞，把棺木小心翼翼地归置进去。然后埋上土。于是来到她最热衷的部分：写悼词。极尽煽情和热烈。

——你是世界上最好的蟋蟀。

——美丽的蝴蝶，我不会忘记你的。

——小麻雀我们来生再做好朋友。

一边写一边抹眼泪。最后献上狗尾草、黑矢车菊或者虞美人。葬礼终于圆满。

举办葬礼的那几天，她是不吃肉的。想起那些动物活着不幸福，死了还要被人吃掉，她就呜呜哭起来。而今，多年未见妻哭过了。或者说妻已多年未在我面前哭过了。

小陈当然不知道，姆妈已经离开我们十年。她只当妻的哭是寻常、动人的一幕。只有我知道，那哭泣包含着多少疑惑、委屈和责怪。我禁不住想，如果那棺木中的人是我呢？妻会不会真心地为我哭泣，怀念我还在人世时的时光？不得而知。

化妆时，妻坚持要看。我就陪着她。小陈拿着刮刀给姆妈上肤蜡，很快姆妈的脸就饱满起来。小陈又接着开始画眉毛、眼线。手法娴熟，俨然一位经验丰富的“老师傅”。我便放心地出去抽了根烟，回来时妆已画完。虽然姆妈看上去恢复了些许神采，但终究不是让人熟悉的那副面容。

“都不像姆妈了。”妻也这么觉得。

“不像姆妈像谁。”我劝道。

“倒有点像阿爹。”

当然怪不得小陈。

葬礼的氛围终于消散。人群也消散了。亲人们纷纷回到自己的生活里，我们也长舒了口气。妻想留在老屋里整理整理，我请了长假，也想借此机会处理我们之间的事。

妻把我拉到书房，指着那些破旧不堪的书，要我帮她带回去。多是阿爹看的书，《资治通鉴》《古文观止》《诗经》之类。令人惊喜的是，还有不少武侠小说。

“都是旧版的，姆妈喜欢看。后来金庸把许多作品作了改动，姆妈就不喜欢了。”

在那摞书里，我们还找到一些从未听说过的武侠书，名字取得十分直白、庸俗。其中有一本《冤有头债有主》标注着金庸先生的名字。

“他还写过这小说?”

“不是他写的。终归有些写作不得志的人，假借金庸的大名发售一些书籍。那时环境宽松，放到现在是要吃官司的。”

我们还在一个樟木箱里找到许多水彩画。有些颜色只涂了一半。画的清一色都是观音、仙女的肖像。虽然笔触还有生涩，但看得出极有天赋。

“姆妈小时候画的。”

我们又看到更多姆妈的痕迹。

灶台上的财神爷、五斗橱上的富贵牡丹，都是她的画作。之前妻从未和我提过。

后来我们驱车到下沙姆妈的住处收拾一些物品。在一个斑驳的衣橱深处，最鲜为人知的地方，妻无意中摸到一双小鞋。

用缎子做的虎头鞋，软底的。只剩一些针脚没收。

“姆妈也给我做过。”妻说。

她把小鞋捧在手心看了又看，一时不知放在哪里是好。

那几天媒体都在吆喝着一股强冷空气要来，可能会下雪。下雪后就要入冬。我们当然都不相信秋天即将宣告结束。眼下没有一点冬天的迹象。毕竟我们还穿着很薄的衣服，入夜时最多加一件外套。于是就没把下雪的事往心里去：谎报军情而已。

傍晚遇见一名村妇在田野里挖番薯，便花五元钱向她买了几个。做饭时顺便放到炉子里烘着。吃着番薯，心里暖融融的。晚上却听到了巨大的风声。

北风刮起来了。妻收碗时忽然提到小岑。

“你和她还在一起吗?”

我不知如何回答。她那么聪慧敏感，当然早就感知到我和小岑的事，只是不说破。几次她提出离婚，我又下不定决心。

“怎么……突然问起这个。”

“随便问问。”

“不在一道了。”

我如实相告。

“这些年没好好关心过你。”

我从来没想过妻会这样和我说。正要和她解释，她却抢先转移了话题。

“你知道的，我阿爹姆妈从不正经聊天，也不大喜欢吵架。他们只谈论吃，鲈鱼清蒸还是风干，蛋饺到底要做多大，青菜里该不该放虾米，这些事情几乎可以讲上一辈子。谈情说爱就是炒花生，打仗吵架就是剁馄饨馅儿，养儿育女就是蒸小笼包。”

妻的话让我回忆阿爹和姆妈吉光片羽的往昔，好像确实是这样。

“所有的事情都被不可思议地融进日常的吃喝里，变得微不足道。”我说。

“但我们之间不是这样。”妻说。

“我们有我们的交流方式。”我道。

妻的脸上明明挂着恬淡的笑容，却流下了眼泪。我不知所措地抚了抚妻的背。当我触碰妻的一瞬间，她一个激灵，纤薄的蝴蝶骨扭动起来。她的笑更灿烂了，但眼泪却依然不断往下流。我抽了几张纸巾递给妻。她微微擦拭了几下，便起身洗漱去了。

晚上，我睡客房，妻睡自己的房间，我们各自看书。客房的书柜里有一些妻年轻时喜欢看的书，由于手机信号不好，我就埋在书柜里翻书。妻喜欢俄罗斯文学。书柜里尽是些陀思妥耶夫斯基、契诃夫、普希金、布尔加科夫之类。我兴趣寥寥，但还是随手抽了一本契诃夫的《醋栗集》看起来。书是 1982 年由上海译文出版社出版的，书本已经发黄，灰尘已经深入纸张，改变了原本的质地。摸着这本书，我有种似曾相识的感觉，但翻阅了几页，却又完全没印象。

即将睡着时，妻招呼我回她的屋里睡。

“这里冷。”她说。

我好像一直在期待这一刻似的，乖乖跟着妻回了屋里。和所有的中年夫妻一样，我们各睡一床被褥，很久没有做爱。妻并未失去魅力，到底出于什么原因，连我自己也说不清。

妻把缩在被子里的手伸了出来，我这才发现，天凉她还穿着短袖睡觉。

“我构思了一个新的故事。冬天的故事。”

“说来听听。”

“一个顶尖花样滑冰运动员却从未参加过任何世界级比赛。在他退役之前回到了故乡，在即将冰裂的贝加尔湖面上不断做燕式旋转。奇怪的是，他的旋转是持续的加速度。伴随着壮丽的冰裂，他与第一只回归的水鸟一同钻入冰湖中。”

一阵短暂的沉默之后，妻把手伸到光亮处，指向一个不存在的地方继续说：“他脑海中一直回荡着《献给金尼斯》的音乐，那是他唯一的配乐。”

说完，妻打了个哈欠。

“我要睡了，你呢?”

“再看一会儿书。”

“好，那我帮你留着灯。”

很快，妻沉沉睡去。我心里有些纳闷，同床那么多年，妻很少比我先睡。而我总是一摸枕头就打起呼，当然这都是妻告诉我的。今天反了过来，刚才的睡意一扫而空，我还有点小小的兴奋。我捧着《醋栗集》，却怎么也读不下去，忽然回忆起立志要当作家的那段时间，虽然只有短短几年，但对我来说是一段难忘的时光。

大学时代，我常写一些不入流的小诗，由于没有脸投邮，就把诗用最喜欢的钢笔誊写在便签上，趁着早课前，悄悄贴在诗歌沙龙的小黑板上。当时部分怀有诗歌情怀的学生会这么做。到了下学的时候，好的诗会被留下来，而坏的诗大多会被社员们撕下来，当众取笑。我不知道怀着怎样一种心情去做了这件事，心想反正是匿名的，暗中观察诗歌的命运倒也有趣。那天下课后我假装不经意地路过沙龙，发现我的便签还在，心中一喜。不过凑近一看，便签上却赫然多了一行刺中我的字：模仿张枣的痕迹一看便知。

我心里的郁结就像胃部的胀气无法消解。通过小小的侦查后，我得知留下这行字的人是沙龙里的女孩。听说她从不写诗。后来，她成了我的妻，我就再没有写过诗。妻至今都不知道，我就是那位模仿张枣的蹩脚诗人。

晚上，我做了个从未料到的梦。枕边的《醋栗集》摇身变成一卷手稿，翻了几页便肯定正是妻和我说过的那些构思，它们竟一夜之间跃然纸上。梦中的我激动不已，有如神助般很快读完了那些忽明忽暗的故事，确信已牢固地记在脑海里。我甚至意识到自己正在做梦，迫不及待地想醒过来把这些故事誊写下来，送给我的妻。可惜我在梦中徘徊得太久，直到醒来，什么都忘了。

我又做了个梦。原来刚才的“醒来”也只是梦的一部分。我依然睡在客房，我感觉我脱离了自己——成了纯粹的“看”。我看到妻的房门虚掩，等待被风吹开。她裸着身子从床上翩然而下，轻盈地落至一面镜前。她轻微俯身，取下自己的影子抛入镜中。失去了影子的妻被长着眼睛的藤蔓牢牢裹住，散发着沼泽地的气味。

早上妻扑入我怀中，放声大哭起来。

“刚才我梦到我们的孩子，她长大了快要五岁。是个漂亮的女孩子。晚上我陪她读书，讲故事。阿爹就在外屋剁馄饨馅儿，第二天要包。姆妈喜欢吃馄饨。孩子把手递给我，要我闻她手上的味道……”

妻已泣不成声。

怎么了？

云片糕，一股云片糕的味道。

雾很大，轮渡全线停航，据说因为能见度太低，大桥也暂时封了。

雾退后，天更冷了。新闻里说，下午气温将降至零度以下。秋天就在这一日之间结束。

妻要我陪她去一次沼泽。没有冬衣。我们就穿阿爹和姆妈的棉袄。带着一股陈旧的味道，但我们不忌讳。

沼泽已成为国家级鸟类保护区。停好车后，我们沿着保护区的木栅道走到了滩涂的尽头，这里看得到海。芦苇丛包围着人迹罕至的沼泽地，栖息着很多罕见的鸟，可眼下我们一只也没有看到。

似乎听见芦苇荡里充满窸窸窣窣的低语。

这时，我们才发现海边站着一个老人。很远。我们似乎看到他一件一件脱掉了自己的衣服，脱到只剩一套连体泳衣时，他走向更远处。

“要跳海?”

“跳海的人会穿泳衣吗?”

“也是。”

太冷了，我忍不住把手缩进裤兜。

老人跃入水中，但看起来他只是在游泳。我松了口气。不一会儿，老人已经游得很远了，完全没有折回的意思。又过了一会儿，老人完全不见，消失在天空和水的边界。

“他要游到哪里去?”

“对岸吧。”

“哪个岸?”

她摇摇头，没有再说话。

这时雪落了下来。雪花一片一片打落在我们脸上，还来不及化去，又被新的雪花所掩盖。好像什么都听得到，又好像听不到。我静静看着耐人寻味的雪，仿佛这世界只剩下雪，甚至没有意识到身旁的妻已离开。木栅道上只留下一串长长的脚印。

这时耳旁的风变得狂乱。真的是鹤。它贴着我的头顶飞过，倏尔落停在一片开阔的滩涂上。它试探性地展开翅膀，扑扇了几下。几番犹豫后，终于飞向芦苇更深处。不一会儿，我看到了更多的鹤。我能感觉它们翅膀下的气流改变了风的形状。它们不时倚靠在一起，好像正在倾诉过去的生活。很快分不清彼此，消失在雪中。

我想起妻曾说：一下雪，世界就变小了。

雪积起来的时候，占领了空间。院子、街道、城镇都被雪藏起来。世界隐去原来的样子。雪总是在掩盖。

我摸了摸裤袋里那片潮湿的羽毛。

雾岛往事

下雾的那日恰是周末，家里反常地没有人。孩子被他的爷爷奶奶带去温暖的地方旅行，丈夫也出差去了。短梦稍纵即逝，醒来后什么都不记得，只觉得好像有什么东西堵在胸口，身心无法舒展。天色还很幽暗，不知是前一天没有结束，还是新一天尚未开始。仿佛又回到学生时代百无聊赖的周末晨间，课都上完了，也没有作业急着要赶。于是没心没肺地睡过去直到中午才醒。时间大多都被这样随意挥霍掉了，仿佛嫌青春太漫长。

枕边的手机忽然很急地响了两下。

——拗拗

——起雾了

依然是那个头像，那个昵称。发消息懒得加标点，于是一句话常分成好几段。

也只有她还在叫着我大学时的绰号。虽然我俩都生在上海，但我却不算地道的上海人。我爷爷是扬州江都人，解放后才迁到上海来。虽然也会说上海话，但依然保有浑然天成的江北腔。爷爷喜欢叫我“囡囡”，但在江都方言里，“囡囡”发“拗拗”的音。一次我和爷爷打免提电话时正好被她听见，从那以后她也学着叫我“拗拗”。被她叫得多了，“拗拗”成了我大学时期的诨名，但除了我俩谁也品不出内在的趣味。

收到她的信息时我的心像煮沸的滚水那样咕咕冒起泡来，大概脸也红了。

顾不得穿外衣，我握着手机飞身下床，赤脚奔向阳台，全然不顾木质地板像史前巨石般冰冷。打开落地窗，白色的雾霭鬼魅地游弋进屋里，从我的脚脖子处幽幽往上腾。北方已经大规模供暖了吧，可这雾看起来这么白，这么干净，就像从过去偶然飘来的一样。

什么都看不清。花园里植的丹桂、榉树、樟树、矮子松一并不见。对面的住宅楼隐在雾色中失去轮廓，方位也模糊了，此时倒更像是一片墨色的远山。那些邻居呢？他们总要遛狗，总要聚在一起讲闲话的吧。还有那些总是在清扫落叶的人呢？梧桐树叶大概已经在干涸的露天泳池里铺了厚厚一层，水管肯定也堵住了。眼下什么人都没有。好像连风都不存在，只剩一片混沌。

——真的是雾。好大的雾。

——上次听你说想出去走走，要不要陪我回一次雾岛

我好像是期盼着这一刻多年似的，内心既快乐又紧张。如果此时做体检，定会查出心窦不齐。大学时我们形影不离。尤其搬到一个宿舍后，上课、吃饭、洗澡都讲好一起去，甚至连我的生理期都跟着她挪到了每月初。毕业以后我们还经常约会，分享彼此的生活。但自从我结婚以后就被家庭的事务牵绊着，不常与她见面了。“你做家庭主妇倒是比上班时还得劲。不过你家里没人帮衬，也只能辛苦些。”虽然她这么说，但我总怕和她生疏，就这样永远不联络了。

毕业以后她从未参加过同学聚会。大家似乎都对她很失望，说她虚与委蛇，不重感情。昔日同窗都好奇她现在过得怎么样，社交网站为何都不更新了。我当然不会告诉他们这些年她生过病，割去了一部分子宫。虽然身体已经恢复得差不多，却也终生不会生育了。她不曾让我保密，但我还是选择缄默。别人问起时，只说她最近复习英文，准备去国外读书——还要读书啊！年纪也不小了，为什么不找个男朋友？难道她是 Lesbian？问题如此咄咄逼人，好像生活偏离了他们认定的轨道就会变成宇宙边缘的废墟。不过也难怪他们八卦。这么多年都不见她真正谈过什么恋爱，连我都判定她是个笃定的独身主义，从不害怕哪一天突然死去。

我们说等雾散了，就去雾岛。

在认识苏夜之前，印象里也听闻过“雾岛”二字。一番追忆，想起外婆就住“雾岛街”。街边种植着高大的泡桐，每年春末都会开盛大的花朵，天气一热就疯狂坠落。那时只觉得这条街的名字很好听，并没有把它和真实的岛屿联系起来。出于好奇我在网络上查阅了那个区域的地图，发现周边还有枸杞路、岱山路、嵊山巷。原来这些路名对应着嵊泗列岛。是什么原因呢？至此我却不想再深究下去了。

从地图上来看，雾岛和上海离得那么近，近到我理所当然地认为雾岛人也说沪语。

“雾岛人当然说雾岛话，虽然和嵊泗方言很相近，但还是不一样的。要仔细甄别。”

“你讲两句听听。”

“我可讲不来。”

其实吴语区的语言差异不大，变化在于语音语调。以前认识一个苏州女孩，就连和男友吵架也含着温柔缱绻。扬州话的幽默质感源自语调的变化，常让人猝不及防，即使念悼词也极有可能引发笑场。上海话语调审慎，具有细碎、矛盾、荒诞的质感，特别适合作为接头暗语。雾岛话语调较平直，没有鲜明的特色，但是一些语言却蕴含着岛屿人民特有的憨直风趣。比如形容不切实际，要隐晦地说他“在望空”。如果有人从很远的地方回来了，他们要讲“转来了”，好像经历了什么转世轮回一样。

雾岛除了海鲜称不上有何物产。不过它向来是远东地区重要的海上航道，一百多年前英国人就在岛上建造了一座牛眼透镜灯塔。到如今守护灯塔的人换了又换，灯塔依然每天照亮着往来的船只不曾改变。苏夜发了一张雾岛灯塔的照片给我，黑白色的圆柱形灯塔矗立在悬崖上，看起来摇摇欲坠，就像被遗忘在角落的陈旧玩具。她说奇怪，印象里灯塔好像不是这个样子。那是什么样子呢？她摇了摇头。从雾岛回到上海以后她就再也没有去过雾岛。记忆中的事物已被时间重新赋形。

除了她心心念念的阿奶。

晚上我接到了苏夜的电话，她的声音有些颤抖，好像刚哭过似的。不禁让人怀疑早上淡然地谈着雾的，是另一个人。

“拗拗，阿奶说她不懂了。”

“什么意思，是雾岛的阿奶？”

“你忘了吗我就这一个阿奶。昨晚阿奶打电来，说她忽然不懂了。我一头雾水，正要追问才发现那边已经挂断了。我感觉到事态不对劲，连拨了几个电话过去，她都不接。从没有过的。只好打电话给小末阿姨，电话一直处于忙音中。大概一个钟头以后才接通。那时小末阿姨已经把阿奶送到急诊室了。阿奶忽然就不能说话了，没有任何预兆。医生判断多半是脑梗，还要做一系列检查。我想连夜赶回雾岛，但起雾了，也不知道什么时候才开船。我怕……已经失去阿奶了……”

电话那头忽然没了声音，她一定哭了。阿奶是她最亲的人。是她唯一可以撒娇、倚赖的长辈。

“等雾散了，我们就去。”

我特意关注了轮渡公司的公众号。雾岛恢复航班时，第一时间就会收到了讯息。岛上发展生态旅游业，为了保护资源，每天限流两百名游客。往来雾岛的渡轮每天只有两班，早上七点准时在网上放票，售完即止，没得商量。但传说中一票难求的情况并没有发生，应该是过了旅游季的关系，我顺利买到了第二天上午的船票。

她还是从前样子，只不过多了泪沟和法令纹，丢失了发际线处的绒毛。虽然早起赶船，但依然化了淡妆。还介绍了几款好用的彩妆和护肤品给我。

“每天打扮你就不累?”

“当然要打扮了，可能遇到心上人啊。”

她喜欢开这种玩笑，我想是在掩饰某些完全相反的想法。

开车去码头的路上，我们聊了不少往事。虽然大学时一起读编剧专业，但最后谁也没能进入电影行业。她在电视台当记者，做晚间档的新闻节目。好像是公检法司条口的吧，偶尔能在车祸、火灾或庭审现场看到她仓促的出镜。而我则成了一个家庭主妇，渐渐被生活琐事包围，失去了大部分自由。不过我们对电影保有一份初心，一见面就聊个不停。

“今年电影节去看片了吗?”

“看了几部新片。”

“基氏的展映单元没去看?”

“放的是《两生花》。”

她是基耶斯洛夫斯基的忠实粉丝，把他的电影翻来覆去看了好几遍，差不多成了“精神上的波兰人”。但唯独《两生花》没有再看第二遍。她说电影虽不会看一次少一点，但还是舍不得。

我们相识于校园里的电影沙龙。每周五下学后，社员们都会在沙龙观影、聊天。那日放映基耶斯洛夫斯基的《两生花》，影片结束后，我竟自发上台抒发了一段内心感言。不料想天色已晚，同学们赶着去吃饭，话没说完人已走了七八成。至于如何尴尬收场，如何走出那间教室的，都不敢再回忆了。

有趣的是，当时部分同学还把我认成了另一位名叫苏夜的女孩。我和苏夜也因此熟识。

她说，虽然在一个沙龙，以前都没注意过。不过谁会在看电影的时候盯着别人看呢？那天你上台时，我都恍惚了，有种看着自己的错觉。不单因为长得像，还因为你把我的感想都说出来了——我们的灵魂或许互通，只不过寄生在不同的肉体里，形成一种隔离。

我看着她时，也有类似的错觉。但我知道人和人到底不可能互相包含的，这种想法也太过离奇，太过科幻了。

后来她不再来看电影，没过多久沙龙也解散了，变身为舞蹈社的练功房。多年以后才听她说起原因。原来沙龙的顾问老师私下给她写了情书。

“开玩笑！她是个女的呀，好像还有孩子呢。”

怎么可能呢？我回忆起那个沙龙的老师，几乎每天都穿不同的裙装，头发烫成羊毛卷。嘴巴长得宽而丰厚，非常吸引人的类型。印象里她丈夫来参加过沙龙的放映活动，电影结束后他们手挽手离开学校，一群女生羡慕得不行。

“她说和老公是协议结婚。他们都是同志。”

“你拒绝了？”

“诶！我又不喜欢女人。”

车驶离城市，穿越跨海大桥。我们看见风车、轮船、沿海村庄。其间我们又说到婚姻、家庭、亲人的离世等一些绕不开的话题。好像要一次性把分开的这些日子弥补回来似的。而后她又忽然说起一个我全然忘记的人。

“拗拗，你还记得 K 吗？”

“K？”

“就是那个在北极的 K 啊。”

说到北极，我的思绪才被牵引回来。苏夜确实有一个叫 K 的网友。

她和 K 从中学时就认识了，但从未见过面。他们常用 MSN

聊天，分享彼此的生活。MSN 退出历史舞台后，他们互相发邮件联络。K 的经历太传奇了，以至于一切都像是他的杜撰。她也时常怀疑，但当时的讯息并不像现在这样发达，她对他尚存一丝幻想——他在北极的一座孤岛当气象员。

孤岛还有名字呢，叫 Khodovarikha。一个只能用键盘敲击，很难在心里默念的名字。我上网一查，真有这个地方。不过从最近的城市到达那里，只有一种办法——坐一个小时的直升飞机。

K 说，长久以来，他都是那里唯一的气象员。一开始我还以为他是个科学家，没想到他的工作就是在北极前哨站测量冰雪和气温，观察气象变化。他说喜欢北极的夏天，他常乘坐自己制造的小木舟，荡漾在巴伦支海。幸运时还能遇到补给船。

Khodovarikha 拥有独立电台，K 依靠这个电台跟其他的气象站保持联系，数据最后会被传送到莫斯科，再通向全世界。

只要电视里出现北冰洋的最新气象消息，我就会想到 K。

忽然就不联络了。

“为什么?”

“我想看看他的样子，但他不接受视频，后来发了一张看不清脸的照片给我。”

“什么样的照片?”

“黑白的，很模糊，好像是一个穿着背带裤的男人，背后站着一只北极熊。北极熊还环着他的脖子呢。一看就是合成的嘛，我很生气，从此不联络了。后来那个 hotmail 的邮箱也不再登陆，甚至连密码都忘记了。”

“你怎么知道是合成的?”

“如果他抱着一只北极狐，我可能就被糊弄过去了。可那是北极熊，会吃人的。”

我想他们应该算在一起过，无疾而终罢了。网络时代的爱情就是这样，失去是因为无法证伪。

车开了两个小时，终于到达码头。

那天风浪很大，我又不习惯坐船，上船没多久头就往下沉，腿像刚蜕壳的蟹一样软。苏夜从口袋里摸了一包蜜饯出来，我连忙接过来含在嘴里才恢复了些神智。这时我发现周遭的事物好像与刚上船时有些出入。

“奇怪，我记得刚上船的时候座位是绿色的。现在怎么成了这种颜色。”

(其实座椅都是绛紫色的。)

“你记错了吧。”

“不对，就是绿色。那种邮差绿啊。”

“也有可能的，我每次坐船都有这种感觉。”

“什么感觉?”

“时空趁我们不注意时偷偷变换了。但变化非常细微，一般人不会注意的。比如我以前一直记得沉思者的雕像是撑着额头的，现在却变成托着下巴了。”

这么一说，我倒也记得是撑着额头的。

“有时候刚刚进洗手间的人出来就变成了另外一个，你说怪不怪。”

说着，苏夜将视线投向窗外，停留在一片不知远近的小岛礁上。我突然感觉到周围水汽腾腾的，仿佛有人在哭。恍惚中，看到苏夜的脸，果然是肿的。也许她又想起了那些伤心的事。

“阿奶知道你来看她，肯定马上就好了。”

上岸时，一股原始的腥味袭来。我也曾经踏足过不少有海的地方，但印象里都没有这股腥味。我们沿着围海大堤走，视野开阔，整个岛屿的建筑尽收眼底。它们一律被漆成白色，模仿希腊的风格。我经不住好奇它们从前都是什么颜色，什么样的人会住在里面。

岛上很干净，偌大的公路上几乎一个人也没有。我和民宿老板通了个电话，她说已经在码头附近等待我们了。放眼望去，前方一个瘦小的身影正竭力踮着脚与我们招手。她是个台湾女人，一身波西米亚风格打扮，头发蓬松凌乱，看起来就像刚参加完伍德斯托克音乐节，在扎满帐篷的地方随意打发了几天。

“叫我 Mita 哦。”

Mita 看上去四十出头，声音依然甜甜糯糯的像个小女孩。让人想起台湾人喜欢煮的那种芋圆。

岛上只有一条公路，还不能开车。我们以为她租了电动车，结果她向路边的小山坡一指，原来民宿就在离码头那么近的地方。

“如果要去落部看灯塔，要提前和我说哦。最近每天只有一班车了。我可以帮你们预订。”

Mita 提到灯塔时苏夜才开口说话，方才几乎让人忘了她的存在。“还有人看守灯塔吗?”

“有啊。”Mita回答。

“真寂寞啊。那里什么人都没有了吧。”苏夜感叹道。

“当然有啊。据说还有人要在难言礁上盖一所房子。岛上最大、最华丽的房子。”Mita说。

“难言礁？不可能吧。那些建材要怎么运输，难道靠小渔船？”苏夜接着问。

“也不是不可能啊。造金字塔的石头还是开辟了运河才运输过去的呢。都说啊，那个造房子的人对这里的地形环境很熟悉，好像从前在这里住过。还有人说他在极地科考站待过，是个能人。也不知道真的假的。”Mita认真地说。

“极地科考站？”我震惊地问，还以为自己听错了。

“是啊，极地科考站啊。”Mita道。

我小声朝苏夜嘀咕了一句：不会这么巧吧。苏夜眼皮一抬，露出耐人寻味的表情。她的周围悬浮着一团白雾似的东西，使她整个人看上去都湿漉漉的。“你见过他吗，知道他叫什么名字吗？”她急着问。

“当然没有啦。我也只是听说而已。可能根本就没这回事。这里太无聊了，就常常有人编故事嘛。编得五脏俱全，煞有介事。广为流传之后又变更出无数个版本，最后传到源头那里，还会当作新故事来听呢。”Mita答。

说话间，我们已经迈上小山坡，走过一段蜿蜒的小路很快就到达了。民宿是一栋三层别墅，装修成最为省钱的北欧风格。房间里特别整洁，书架上藏书颇丰。我们看到希尼、伍尔夫、三岛由纪夫还有兰陵笑笑生。不过书都太旧，怕沾灰尘，并没有翻阅它们的欲望。

落地窗大肆开着，不断有潮湿的海风吹进来。我们的房间就在海湾边，视线最好的位置，能看得到所有的街道、船只、房屋、树木、人、猫和狗。

雾岛狭长，形似蚕茧，历来分出部和落部。以前落部和出部一样住着很多居民。后来，年轻人嫌岛上太孤单闭塞就往大岛或者内陆去了，只剩下老人和孩子。十几年前还有学校呢，现在都改建成民宿了。原住民越来越少，人口已不足五千。本来清冷的落部就更显萧条。于是那里的居民逐渐向出部靠拢，诊所、银行、邮局、咖啡馆、饭店慢慢挤到一条街上，倒也为大家提供了方便。

一万多年前穴居人也一定是这样迁徙的吧，只不过更艰辛、漫长。

落部日益衰败，只有游客还会去参观灯塔。旅游淡季时，那里一片荒芜，更接近岛屿原初的面貌。

只有在落部才能偶尔见到难言礁。它面对着灯塔，时隐时现。是因为雾。天气好的时候，也看得很清楚，形似一颗秋天的榛果。我年少时常徒步去灯塔远眺那块礁石，看上去那么近，给人以触手可及的错觉。但有时候和身旁的同伴聊着天，一转身它就不见了。

那些雾霭包裹着的，好像是另一个无边无际的宇宙。也许真的有别的世界存在？怪不得叫难言礁，那里竟真的如此难以言说。岁月啊、感情啊，都对它毫无意义。没有种植和建筑，连一棵树都没有。是游离于生死之外的地方。

到底是谁要在上面造房子呢?

“要去落部看看吗?”

她默不作声。

放完行李后，我们立刻出发去诊所。诊所也很近，只有十分钟路程。不过走得急，竟忘了给阿奶带礼物，于是我们决定去买点水果。在岛上唯一的商业街上晃了一圈，发现只有一家落魄的卖烤鱼干和晕船药的小店里，零星躺着几只发皱的苹果。实在送不出手。幸运的是，没走出几步，就看到一拢模样可爱的橘子从漂亮的围墙后头探出来。于是我们向户主表明来意，花四十块钱买了二十个橘子。一个两块钱，可以接受。在物资匮乏的岛屿也不算贵得离谱。

“富士山上的草莓，卖五千日元一盒呢。”苏夜说。

“也不一定非要在富士山上吃草莓啊。”我说。

“有时候就会有那么一种冲动嘛。”苏夜道。

见到阿奶的时候，小末阿姨正在给她喂饭，吃的香菇肉末粥。阿奶见了苏夜，一下子太激动，刚吞下的米粥又全部溢出来。

苏夜靠着床沿坐下，拉起阿奶的手，像哄婴童般温柔地对她说，你比我想象得好多了。

阿奶想说话，但什么也说不出来，只能委屈地看着她，眼泪汩汩的。

小末阿姨帮阿奶擦去了嘴角的米粒，对我们说，昨天还动不了呢，晚上大喊大叫的。虽然病房里没有别人，也怕吵着值班的医生。不过听说你要来，她今天吃得特别好，也能说说话了。

阿奶的情绪渐渐平和下来，开始和我们说话。我基本听不懂阿奶在说什么，但苏夜能从那些“呓语”中猜出七八分意思。她好像一直在说谁回来了。小末阿姨告诉我们，从昨天开始阿奶就一直这么说，我想是盼着你回来吧。

“我回来了就不走了，天天陪你。”苏夜应道。她正想哭，又努力挤出一个笑容。

苏夜和阿奶靠在一起，时而又起身在阿奶的眼睛里找寻着自己。她一定是担心阿奶已经认不出她了，担心自己变化太大，早已不是从前那个她了。

我们要走时，阿奶又说起有人回来了。好像在提醒我们一件重要的事。

“是不是想吃点什么?”我问。

“很有可能，本来就不是胃生病。”苏夜说。

可“回来了”到底是一道什么菜呢。

出了诊所，我们沉默良久，直到回到民宿才开始聊天。

“医生说，阿奶做过检查，轻微脑梗，卡在语言中枢上。以前就心脏不好，有房颤史。可能说话有影响，情况会越来越差的。幸好还有小末阿姨照顾着。”

她又谈及小末阿姨的往事。

“小末阿姨家里有五个姐妹兄弟，她排行第五，长得也格外瘦小，所以就叫小末。小末阿姨的父亲原是不要她的，饿了她两天居然没死，还是养了她。也许正因如此，她活得战战兢兢，一辈子没做出格的事。离家以后做帮工度日，没找对象，过得清贫辛苦。还好人到中年遇上了我阿奶，也算有了个安身之处。几年前她跟着阿奶到上海找我，还是她第一次出岛呢。”

第二天我们去海鲜市场看了看，那些鱼虾蟹，阿奶肯定早就吃腻了。于是转战岛上唯一一家超市，买了冷冻牛肉和蔬菜。东西都不是很新鲜，但仍然很贵。算了，也没有别的选择。

由于借用了 Mita 的厨房，所以我们也请她吃牛肉。她说家里因为我们的到来终于有了点烟火气。下个礼拜开始，这儿的饭馆都陆续要关门了。那时只能天天自己煮菜了。我们早就发现民宿的院子零零散散种着一些蔬菜，有青葱、辣椒、白菜。看起来不太整齐，还很生疏。想必也是不得已才种的。屋顶上趴着几只发青的茄子。还有一些藤蔓没有结果子，猜不出是什么。已经十二月，大部分经营民宿的人都回到他们本来的地方去。唯独她还留在这里。

苏夜措不及防地问了她一个问题：

“你是台湾哪里的？”

“宜兰。那里和这里差不多，人少，也有海。”

“为什么不回去？”

“我已经来这儿三年啦。还养了猫，走不掉了啦。”

“一个人也太寂寞了吧。”

看着她们一本正经的样子，还以为在做访问。不过她本来就是记者嘛。

民宿的休息厅外还藏有一个小天井，种着两棵没有叶子的矮树。两只芦花色的猫窝在猫爬架上，一天到晚睡觉。一个叫阿初，一个叫阿落，两只生得跟双胞胎似的，但仔细看的话会发现阿初的胸前有一撮白毛，而阿落显然更胖，更无理想抱负的样子。

“现在网络那么发达，讯息延烧得很快的。外来的人口会不断补充进来。再过一段时间，说不定离开雾岛的人也会回来。周而复始嘛。”Mita一边说一边起身去冰柜里摸了一瓶香槟出来。虽然不是喝酒的时候，但她仍请我们喝。“没事的啦，气泡酒而已。”

Mita喝了酒，话也更多了。她说自己原来在一个台湾知名企业里做了十五年董事长的秘书，一直没有结婚。她对董事长忠心耿耿，把他的事当作自己的事。董事长喜欢羊，前两年居然突发奇想要在公司里养羊。于是她就真的为他找了许多本土山羊来养。养了羊，每天都要放牧啊，有一次下雨，羊都不肯回来。于是她就派保安去抓。没想到被对家找了记者来拍，每天滚动报道说董事长虐待动物。董事长年事已高，看了新闻被气得一周没去开早会。从未有过的。于是她就引咎辞职了。她还特意强调，是她自己要走。我们都不敢相信，Mita竟是为了这么一件小事就离开了自己的故土。可能有一些内情不便详说吧。

酒喝到一半，Mita忽然提议为我们看手相。

“刚开始我都没看出你们的差别来，总觉得是同一个人。你看你们的眼睛啊鼻子啊长得多像。后来又仔细观察了你们的样貌才看出不同。你们原来是一模一样的人，从小到大遇见不同的人，说不同的话，做不同的表情，于是样子也变得不一样了。你看起来很温柔，一定已经当妈妈了。而她总是一副对往事念念不忘的样子，神情却还像个中学生。这种矛盾的特质还挺吸引人呢。”

她说得没错。

“星盘、手相我都略有研究。你们想看什么？”她问。

“看手相吧。”苏夜说。

我率先把手摊给 Mita：“帮我看看什么时候二胎呗。”

Mita 看了看我的掌心，又摸了我摸我的手腕，然后皱起了眉头：“奇怪，为什么我没有摸到你先生的脉？”

我不明所以，苏夜却一下参透了玄机：“怎么连她没有性生活都看得出来？”

Mita 半真半假地说，其实我开玩笑而已。

苏夜看出了我的尴尬，也为刚才的冒失而感到内疚。为了补偿我，她也把手递给 Mita，让她帮忙看看自己的桃花运。Mita捧着她的手看了又看，欲言又止的样子。

“说吧，再坏我也接受。”

“倒不是坏。而是很难说。你有没有忘记什么重要的事？”

“重要的事？哪有什么重要的事。”

苏夜露出一副困惑的表情。

“你在这里就没有青梅竹马的人？”

Mita 说得很直白而肯定，简直像看过了她一生的命理那样。

“青梅竹马？”苏夜重复着这个词，好像记起了什么事。

确实喜欢过一个男孩。名字很文气的。

我老早就听阿奶说，他有点先天不足。家里是做生意的，很有钱。听闻岛上环境好，对病情有帮助，于是那年暑假就过来住了。住他姨妈家。而他姨妈恰好是阿奶的邻居。每天躲不开照面的那种邻居。

他辍学在家，有家庭教师上门辅导的。也许因为太无聊了吧，见到同龄的我。就总是想着法骗过去玩。第一次见他，天气很好，云低得好像随时要坠落下来。他捏扁了手里的矿泉水瓶。里面居然有云雾跑出来。好像天上那些云都是他造的。后来我才知道那只是一个普通的物理现象。瓶子里面事先打过气的。

他那里的新鲜玩意儿也太多了，甚至拿出一台星特朗望远镜教我观星。我原以为天上划过的流星，便是一颗行星级别的星球的陨落。一瞬间，那颗星球的人都死了。现实当然不是这样。所谓的流星不过只是一些彗星带的小陨石。当然也有行星。但上面肯定不会有人，更不会有什么文明。

我还记得他没有手机，家里也没有安电话。不知是什么原因，问也问不出来。这样就很麻烦啊，想见他的时候必须上门找他。但总会被姨妈知道的，次数多了，总归不好意思。我灵机一动，从阿奶的五斗橱里找到一团很粗的混纺毛线，把它系在阳台栏杆上，然后把线团放长。穿过两个篱笆，一个菜地，一棵橘树，就到了他的家。不过试了几次，都无法把线团掷上去。他听见动静，不紧不慢地从屋里出来。好像一下就参透了我的意图。他拿起线团，像抚摸毛绒动物一样抚摸着它，然后直接将它掷到了楼上。我记得毛线就像得了心智一样，自己紧紧地拴住栏杆。我们又在线的两端牵上铃铛，每次相约，只要摇一摇铃铛就行。当时没觉得什么，事后才意识到古怪之处。也有可能是我的想象吧，把他想得太好了。现在那两处房子早就被拆掉了，都是残垣断壁，看了不忍心。

阿奶吃了牛肉后，来了精神，说话也利索多了。她嘱托我们帮她整理些漂亮衣服过来穿。另外还要带一副纸牌。

阿奶原来住在落部，现在也搬到了出部。按照门牌号码我们很快找到了那里，没想到阿奶的院子里种了那么多花草。两棵枫树挨着一棵银杏，门前一丛姬小菊开得葱茏，几盆月季也冒出了粉嫩的花苞，让人的心中生出希望。

苏夜好像对这里很熟悉似的，径直走向院子，四下打量一番后从一个空瓦盆里摸出一把花枝剪。然后她又走到那些草木前，把所有花苞，连枝带叶都剪去了。我连忙阻止她，你在作甚?

苏夜笑着说，一看你就是外行。这叫重剪。以前我对这事没兴趣，但就算没兴趣，看阿奶摆弄园艺那么久，也成了半个花匠。冬天可不是开花的时候，把不合时宜的花苞剪掉，休养生息，到了春天才能开得更好。

说完她又精心给花松土，浇水。大约半小时后，我们才进入了阿奶的屋子。

虽然这里很新，被迫刷成白色，但看得出里面的物件都是旧的。我能感觉到苏夜进入这间屋子时眼中折射出的光。她好像又变回了那个我不认识的小女孩。她坐了坐藤椅，又去厨房转悠一圈，打开放满香料的柜子用力呼吸，生怕遗漏了任何一种味道。

后来我们在主卧为阿奶整理出一件羊绒针织衫、一件呢子外套，还有两套棉毛衫裤。所有衣物都很好闻，一定是太阳好的时候痛痛快快地晒过。她把衣服悉心叠好，装进包里，然后对我说起为什么会到雾岛来读书的事。

“爸爸在日本游学。后来发现被骗了，又欠了很多钱，只能在日本打工还债。一直没有回来，后来我都不记得他的样子了。寄过来的照片总觉得不是他。”

怎么也想不到，旅游集散中心的一张飞鸟学院宣传单改变了他的一生。他受教育程度不高，始终想继续读书，另外确实对彼岸的日本充满了向往。留学，听上去多么洋派。于是拿出了所有积蓄，还问亲戚朋友借了点，凑足学费就往日本去了。到达阿寒镇时，他已不年轻了，孩子不满一岁，妻子还在怪他。他并不知道阿寒镇居然在如此遥远的北海道，每年都有好几个月完全封锁。唯一能想到的词汇就是“寂しい”。阿寒镇的工业败落之后，宛如无人之境。他又哪里知道，那里除了漂亮的学舍、奶牛、丹顶鹤还有雪，别无其他，就像当下的雾岛。为了保障人口，学院不准学员出去打工。好多中国学员都出逃了，也有的还没摸出去，就冻死在路上。他应该也是在那个时候逃到了东京。妻子责问他为什么不回来，可借了这么多钱，又一事无成，怎么有脸回来呢。女儿当然完全不清楚这些状况。他写信回来，只说日本的好处。其实他一天打三份工，住在没有洗浴设施的小公寓里，很快脱发，牙齿也松动了。他每月寄钱回家，几年后已经还清了债务，但还是想赚点钱给妻女日后派用场。于是他就没有回来，毕竟这么多年过去，他已经是彻头彻尾的黑户。要走，就回不来了。他知道妻子已经寒心，女儿也不记得他了。但他仍然盼望着相聚的那一天。

女儿最后一次得到爸爸的消息，是二十岁生日那一天。他写信给电台，为她点了一首蔡琴的《给电影人的情书》：女儿，祝你生日快乐。愿你的理想都能实现，等爸爸回来。

歌词里他最喜欢一句：以身外身，做梦中梦。

“但妈妈已经等不下去了。她瞒着爸爸交了男朋友，然后把我送到阿奶这里。直到高考那一年，我才回到上海。毕业前，爸爸决定回来，但我们却突然收到他去世的消息，据说是过劳猝死。”

后来的事我大概知道。虽然这么说有些残忍，但她的妈妈也算顺理成章地改嫁，给她生了个从未见过的妹妹。家庭完全散了，她变得比以前更加沉默，更加谨慎，也害怕付出感情吧。

“死后他才回到故土。多像一场梦。”

幸好在阿奶那里时，她从未受到过亏待。

我们又从阿奶的抽屉里找到了一封信。由于看得多了，信皱得发软。还有些油腻了：

品以，记得你在小岛时，常一个人躲在生产队的厨房里切菜，开小灶。一看你就不太拿刀的，手生得很。我好意提醒你栗子要泡过滚水才能剥开，你却执意用刀切，还污蔑我觊觎你的栗子。结果刀一滑切到手指，送到诊所缝了三针，打麻药时你都疼哭了。还记得吗？后来你又贪嘴，特地托上海的亲戚寄了荔枝罐头过来，然而开罐的时候居然又割破了另外一根手指。

还好伤口不深，我也不好意思再陪你去缝针。上次你哭出了名气，比人家生小孩都委屈。以后少进厨房罢，那地方与你八字不合。我又怕你的手指头不够用。

风广　于雾岛

1972 年冬

是阿公写给阿奶的信。

阿奶本是上海人，上山下乡时插队到雾岛，人生地不熟，吃得也不习惯。加上年纪小，经常哭鼻子。阿公的祖上是有名的“花商”，也自己培植花卉。那几年特殊时期，没人种花了。大家一起围海造田。阿奶就在阿公村里的生产队插队落户，一起度过了难忘的岁月。

阿奶回到上海以后，阿公才写信给她吐露心声。信寄出没多久，他们就结婚了。阿奶搬到雾岛来以后就再也没下过厨房。都是阿公做饭。后来阿公离岛办事，不幸出了车祸。或许是岛屿人不适应陆地的交通所致。据说那场车祸大凶，阿公身首异处。出殡时只得请人为他制作了一颗根本不像他的假头。我不知道阿奶是如何熬过那段日子的，膝下无子，实在太孤单了。

“人生苦短啊。阿奶气质那么好，你阿公走的时候她还很年轻漂亮，为什么不改嫁呢。行情一定很好的。”

“我以前也这么问过她。她说改嫁还不容易吗，但为什么非得改嫁呢？现在恋爱分手结婚离婚越来越便捷了，有时发个消息就能搞定。放弃很容易，倒是那些坚持下来的人成了另类。”

阿公走后，月季、山茶、水仙都陆续不开花了。

他们说花也随他俱去。

听到这话后阿奶渐渐走出悲伤，开始打理疏于照料的庭院。

几年后，花都复开了。甚至比阿公在时开得还好。

当我站在院子里，看着还未枯败的草木时，竟体会到阿奶当年的心情。

临走时，我们打开窗户，这里非常靠近海。海浪声很大，甚至让人害怕。让人想起阿加莎笔下神秘又血光凝重的岛屿。

“把窗关了吧。”她将大衣裹紧，走出了这间屋子。

她看起来比从前更忧郁，连背影都陌生了些。

回到民宿，苏夜打开笔记本上了会儿网。她鬼使神差地打开了那个邮箱，顺手输入了一串密码。结果还真的登上了。里面有几百封未读邮件，大部分都是垃圾广告。

其中也有一封 K 发来的未读邮件：

我见到了神奇的生物。那天起了很大的雾，它忽然从海里冒上来，直愣愣地看着我。从双目的大小看，应该有易碎双腔龙那么大。天太黑了，我不确定它是不是史前生物。后来，每当雾角响起，它总会千里迢迢赶来，发出相同频率的嘶鸣。它在寻找同类吧。很快我就要出发去弗兰格尔岛，那里有麋鹿、北极熊还有海豹。不知道为什么，补给船没有来，也许一个月前它就迷航了。我已经很久没有旅行，这里都是雪。在爱斯基摩人的语言里有无数词汇描述雪。而面对冰天雪地的北冰洋，我总是说不出话。

你要回复吗？

太晚了吧。

以为她会失眠，其实是我失眠。如果她当时选择相信他，现在会怎么样？也许谎言只是晚一天被拆穿。也许他们终有一天会相见？

眼前总是浮现阿奶看苏夜的眼神。阿奶最清楚，如果她不在人世了，苏夜就真的孤零零一个人了。在诊所时，我见苏夜和阿奶聊天，就帮她们剥橘子。没想到阿奶见我剥，也顺势拿起一个剥。忽然她加快了速度，很快剥完了一整个，我才剥了一半。然后阿奶把橘子递给我，嬉笑着说："快，快。"原来阿奶在和我比谁剥得快。

医生告诉我们阿奶不可能像从前那样了，情况只会一次比一次坏。我们得随时做好坏的打算。我以为她会哭的，她却没有哭。她说人都会有这么一天的。阿奶至少还有她。难道她是不打算走了吗？

那天，我们说好见完阿奶就去看灯塔的。回程的计划也定好了。但约完车后，她却忽然发起高烧，一直烧到四十度。退烧针居然缺货，简直要命。只能物理退烧，我不断给她冰敷，到了半夜温度终于降下来。早上醒来时她满头大汗，呜呜说着胡话。她说她忽然想起了那个青梅竹马。他们之间竟有许多不再被提起的前尘往事。

怎么可能呢，我忽然想起一个已经完全忘记的人。

他大概已经不在人世了。

名字叫黎是维。

确定吗？

确定。我在本子少抄写过他的名字，没有一万遍，也有一千遍。

那为什么忘记了？

大概是故意忘记的。

现在又想起来了？

我想起我们打算盗一艘船，挑一个有雾的天气去难言礁。

如果一起死了，也算做伴了。

但最后没有去成。

为什么没去呢？

雾太大了。

“他说换肾也要排队呢，开学前就要去美国了。大概是去碰碰运气。但他再也没有联络过我。我以为他死了。后来从别人口中得知他手术成功了。现在应该过得很幸福吧。但他为什么不给我回信呢，哪怕拒绝我也好。就这样永远都不再联络了……许多年后我又听到另一个版本，说他死在了手术台上，十年前就已经不在了。可当我听说有人要在难言礁上造房子，我就觉得一定是他……拗拗，我恐怕去不了落部。没想到这么多年过去，我还是哪里都去不成。”

如果造房子的人是他，K 又是谁呢？我好像明白了什么，但又不能肯定。所有的错竟然互相更正、互相引路……

她好了以后，总说心脏那里不舒服。或许是某种东西忽然归位，心也变沉重。接阿奶出院那一天，她忽然哭了出来。阿奶好像知道内情，摸着她的头说，回来了就好。

我觉得她又变化了，比从前更像是另一个人。一个我还未认识的人。

回程前夜，我独自在雾岛的街道上徘徊，居然感觉曾经来过这里。忽然想去看一眼难言礁，说不定还能遇上那场传说中浩大的“施工”。不知为何，我的脑子里突然出现建造金字塔的盛景。

当我穿过出部，准备往落部去时，竟猝不及防被一个传教的女孩问住：“打扰一下，请问您相信灵魂吗?”女孩怯生生的，应该是初来乍到。

“相信啊。”

听到我这么说，女孩放心一笑，将手中精心包着封套的《圣经》缓慢摊开……

当她终于把它交到我手中时，我仿佛看到她昨夜用红笔划出的语句：这静静的初冬不是一场伟大的寻找吗?

她终于从“神爱亚伯就是不爱该隐”的埃及出来了。

她终于“离预定论越远离神越近”了。

她终于看见她就是该隐，神爱每一个人。

其实我已经去过那里，又何必再去呢。

那一夜我做了个梦。也好像入了他人的梦。

——远处的岛礁逐渐被浓雾吞噬。尚未到达的船只不断闪烁，努力捕捉灯塔的光。它们顶着海风、打着冷战远道而来，似乎只是为了听到雾角。

他们正从围海大堤一路滑翔而下，赤脚走在浅滩上。这里看似松软，实则崎岖密布，到处都是凸起的多边形。

涨潮了，他们不自觉闭上眼睛。海潮声变得更为巨大、可怖，就像预示着前方未知的命运。俄尔，风狠起来。几乎站不稳了。海里传来两声巨大的咆哮，有别于任何一次他们所知的涨潮，甚至能感觉到岛屿在颤抖。他们狂奔着往岸上去，没有方向地四处乱跑，差点闯入一处无人看管的墓地。

几座墓碑近在咫尺，爬满了棕绿色的不明植物。它们被一扇完全生锈的铁门围住，轻轻一推，铁门发出持久的叹息。他忍不住想，自己死后会不会被埋在这样的墓地里，成为日后的骇人之物。

这时他们的眼前忽然冒出一棵巨大的樟树。树干周围的叶子不断回旋，形成几个微型旋涡。除了风摆弄树叶的声音，更暗处还有些许胆战心惊的虫鸣。忽然，树干间传来奇怪的声音，像是老人发出的毫无羞耻和遮掩的打嗝声。她忽然觉得冷，就一头钻入他的怀里。一阵不寻常的凉风灌入两人的领口，使他们在八月的夜晚瑟瑟发抖。那一刻，她意识到这个夏天已经结束，且永远不会再现。

他们看见粗壮的树干有一块树皮明显突出，呈现奇特的光泽，似有新鲜事物正要发轫。他着了迷似的伸手去摸，一块树皮毫无预兆地掉了下来。她马上将它捡起，轻轻抚去上面的土。她将树皮举起，放到了他的眼前。“你看，上面有两个孔，好像面具啊。正好能盖住你的脸。”

在那个凉夜，当树皮覆盖住他的脸时，他早已死去，变成了她的幽灵。

炼梦师和最长的一天

炼梦师住在近海的一个小村落。那里有著名的白夜，时间便“延长了”。村民们喜欢围坐在一起，讲故事打发时间。即使并不寒冷，大家依然把炉子烧得很旺，拉下窗帘，奇妙的故事层出不穷。

这时，炼梦师从深不见底的巷子里冒出来，低着头，着一件没有系带的驼色连帽斗篷。她想，没有人看见我。

村里唯一的牧师在高高的露台上看到了这一幕，不禁感受到契里柯画作里那些神秘且沮丧的氛围，这是一个隐蔽的视角。他刚从一场丢失了下体的噩梦中醒来，百无聊赖的妻子又匆匆将他推进屋里，并用一床鹿皮毯子蒙住了他。像是要把他藏匿起来，躲避着什么暗夜里的怪物。契里柯的画倏一下黑了，色彩被吸进了鹿皮做的黑洞里。但是炼梦师和那洞穿宁静的光却延宕在牧师的眼前，闪着绿色的轮廓钻进了他的脑子里。

炼梦师像乐章里突如其来的休止符那样掠过人们的格子窗户，稍稍破坏了故事会的行进节奏。已是午夜，她独自穿梭于空旷的街道。这里静静站着两排废弃游乐场改造的商铺，彩色的铁皮建筑时不时发出锈迹斑斑的嗤笑，遗留着幽默的气质。

村子迎来了仲夏。在未来的半个月中，每天将有二十个小时的白天。昼夜交替的过程只有短短的几小时，夜还来不及黑透就再次迎来了黎明。按照炼梦师的说法，日光就像酵母一样更有利于梦境的膨胀。几周以来，她四处搜集梦的素材，只为在短短的十五天里缔造一个伟大的奇迹。

白夜时期，海岸上总是聚满了人，大家发了疯似的乘风踏浪，不分昼夜地晒太阳直到脱皮，啤酒被整箱整箱地消耗。他们似乎把“日不落”当作了生命的狂欢，玩到四肢僵硬才肯散去。

炼梦师来到海岸的时候，这里刚刚恢复平静。她以为走了很久很久。回头一看，只是影子拉得很长。村子像成群的积木一样呆立在一公里以内。炼梦师褪下了斗篷，露出浅蓝色分体泳衣。一束鬼魅的光线从她的头顶射入脚底，她明亮得像一头白色海豚。

潮水退却了，她渐渐融进了白夜勾画的绮丽天色中，直至消失在轻轻喘息的海面。入夏以来，每天她都会在退潮时沉入海中，不带任何浮潜用具。只要坚持个几分钟不冒出来，就能体会到母亲溺死的瞬间——一个快速形成的风暴圈掀翻了她乘的船，尸体被冲上岸时已经像泡芙一样肿胀。

两分钟过去了，炼梦师仍然不见踪影。她感觉身子有点沉，仿佛身体里面的另外一个灵魂正在不住地把她拉向海底。她感觉脚底被一块凸出的礁石割破，鲜血染红了一小片水域，几只海虾在模糊中撞到一起。这时，海草伸出温柔的触手缠上她的肚子，使她整个人卸了力。

“倒是蛮舒服的。”她心里想着，几乎说了出来。死亡不再是痛苦的，相反吃力地活着才是。在这人世上挣扎是多么累啊，这海草大概是来帮我一把的吧，就这样给它拉过去不知会发生什么……忽然，炼梦师清醒了过来，她奋力扯断了那丛不断献媚的海草，但身体依然在往下沉。炼梦师发现她正被吸入一个蓝得发黑的旋涡里，她感觉窒息，四肢使不上力。

就在万念俱灰的一刹那，她踩上了一片松软的大陆，触感像是胃烟汇成的岛屿，她被轻轻托了起来。大陆持续上升，不费吹灰之力，炼梦师就浮上来了。她强烈地感觉那东西是一种古老的大型哺乳类，发出机械般的咔嗒声。她似乎看到了那个巨大的脑袋上挂着一只铜铃似的大眼睛，平静地观察着她的生死。

回到家，炼梦师细细欣赏了脚底那道狭长的伤口还有腹部那些“爱的伤痕”，反复核实了它们的存在，这才钻进了用柔软剂洗涤过的羽绒被里，安心跌进梦里。

一开始，只是一些寻常的东西，甚至不具体。比如眼睛少了睫毛，或者牙齿的排列死气沉沉，失去了质感。那些梦里的形象甚至忍不住质问起来，我的扁桃体呢，我的脚指甲呢？显然炼梦师对形象们的“不满”没有感到惊慌失措，她深知现在仍然处于炼梦的初级阶段，一切尽在掌握。

她想，环境也是很重要的。像上个世纪二十年代的科学家一样，她要熬一锅原始汤。

海的尽头升起一片如天堂幻影般的海市蜃楼，炼梦师用手一拨，它们就围了过来，然后扎进土壤里。炼梦师发现这片炼乳似的白色建筑和她想象的一样绚丽。接下来，是比较复杂的部分，因为炼梦师一向对植物知之甚少。于是她勾勒出的植物都有些奇怪，比如由于无法想象出叶子的脉络，炼梦师就用人类的血管代替。因此这些植物的树叶不仅流淌着血液，某些叶片还会夹杂着一根动脉，随着炼梦师的心跳一起规律地起伏着。有一天，炼梦师居然发现一些树自己长出了心脏，从大小刚好的树洞里露出来半截，吓了她一跳。

梦境中出现了一些陌生的外乡人，他们七嘴八舌地议论着这些奇形怪状的植物："树叶离根系太远了，简直在乱搞!"还有的说，"这树的根已经盘到枝头上去了，根据我的经验，树是不可能倒过来长的。还有，这些树叶长得太奇怪了，不是它们原来的样子。"

炼梦师觉得有点恼火，她不知道这些人是从哪里冒出来的。她用橡皮擦使劲擦拭着他们，外乡人如橡皮屑一样滚到了一起，卷成了一撮撮灰黑色的渣子。炼梦师轻轻一弹，他们就灰飞烟灭了。一切又回到了苍白，画布上一无所有。

后来，有了一些进步，炼梦师仔细回忆了这几天收集的素材。首先是快要窒息的感觉，眼窝里鼻孔里不断渗入苦涩的海水，为了缓解痛苦她只好不停地吞咽，母亲的形象随之丰满起来。她看到母亲的手在海面上吃力地划着水，频率渐缓。最后看起来竟像是告别时的挥手。她感觉到母亲胃部的痉挛和左腿的抽筋，此外，缺氧的感觉正在一步步袭来。不一会儿，母亲就放弃了，身体变得像炊烟一样轻。炼梦师的情绪开始激动，几乎要哭出来了。她是痛苦的又是甜蜜的，她徘徊在两种极端的感情下不能自已，差一点就掉进了梦的深渊。那是一个危险地带，一旦被强烈的感情牵制了去就会彻底失控。炼梦师很有经验，她掌控住了局面，没有让那些如痴如醉的错乱消磨她的意志。

她绝情地冷静下来，任由母亲沉进海底。

她背过身去，四周的景色开始变幻。一张边缘裁成波浪形的照片像巨幕一般呈现在眼前，她马不停蹄地开始塑造另一个形象。

那是父亲的旧照，拥有现实中的每一处细节，她已经反反复复琢磨了一万次。要不是这张照片，父亲的形象早就淡忘了。母亲去世后，父亲就离开村子去外面做买卖，有时候几年才能见上一面。近年来，他们几乎不见面了，偶尔托亲戚带一封信寄一些物品，大多数时候什么也不做。就像不相干的人们那样。

照片上的父亲还是一个虔诚的鳏夫，他的眼神投向皮鞋上的灰色污渍，耳垂变长了，头发也软塌塌的，像是朝着地面生长。炼梦师发现，所有组成“父亲”的元素都更接近地面，它们不再向上，而是不断趋向地底下母亲那松软的尸体。

耳畔忽然响起了一段阴冷的爵士乐，随意的鼓点让人不得要领，炼梦师隐约记得一些音符。这是母亲葬礼上播放的旋律。现在，它不再是一段哀乐，而是四弦与马尾的一场散发着松香味的交合，像电影配乐一样贴心，深得她意。炼梦师顺利地进入了快速动眼期，她看见父亲睫毛里沾上的蓝色纤维，还有指甲缝里残留的棺木屑。

光线开始扭曲，父亲的忧郁形象瞬间褪色，取而代之的是一张闪烁着微笑的脸……时间回到了悲剧之前，商铺相继死去陷进了地底，重新冒上来的时候变成了抓娃娃机、海盗船和旋转木马。炼梦师觉得很热，便朝不远处的冰淇淋车走去。母亲站在那里，手捧一束明黄色扶郎花，依偎在父亲炽热的怀抱里。那时的白夜和现在一样动人。

一丝强烈的阳光穿透了百叶帘的缝隙、彩色的玻璃花瓶，在炼梦师脸上汇集成了许多奇怪的斑驳，从远处看，像是一场惊天动地的皮肤病。气温升高了，她很难受，辗转反侧中梦境不再受控。双亲的脸被一大波红色的热浪冲击着，最后，消失在一片光怪陆离的炎热里。

她回到了孤独。

她爱，她觉得美，但她抓不住。

炼梦师惊醒了，再也睡不着。又是一次彻底的失败，搞不清是哪个环节出了问题。也许是不够具体，抑或者不够强烈。

炼梦师笔直地躺在床上，一动不动，陷入了无止境的悲伤。她没有放声哭——那一定会惊着梦中那些小人的。她只是不断地流泪，一遍又一遍地品尝着那种酸楚的咸。她并不期待在梦中重温旧梦，那对她来说不过是过眼云烟。真正重要的是，永恒，这一切必须通过梦境去实现。这是她最热烈，且唯一的理想。

她希望有奇迹发生。

几天以后，气温持续升高。天气预报给出了更多的晴天，海岸上的人越来越多，连那些足不出户的老骨头、病秧子也出来了。他们留恋着白昼，就像不需要黑夜那样。孩子们也有了理由整天疯玩。只有炼梦师远远看着这一切，似乎与她毫不相干。她看着那些玩乐的劣童，故作老成地摇了摇头，把眼睛斜到一边，把自己埋得更深了。她从来不和他们玩到一起。其实她心里清楚自己是被排挤的，只有她没有受洗，没有入新教，关于这点牧师也拿她没办法。但孤独是逃避不了的。有时她觉得自己是唯一的宗教，但多数时候她觉得自己是唯一的孤儿。

一天，炼梦师的心里波涛汹涌。她似乎听到了它的呼唤，那亲切的咔嗒声。它被混杂在世界的喧嚣里，炼梦师终归还是听到了。仔细听，咔嗒咔嗒，比蜂鸟的密语还要微弱，咔嗒咔嗒——它穿透了海洋以及缭绕的薄雾，穿透了午夜的钟声，和所有浪人的哭声，每一声都击中了她的心脏。

炼梦师听到了，她永远不会忘记这熟悉的声音。

咔嗒、咔嗒——

声音越来越低，几乎听不到了。

咔嗒、咔嗒——

最后一声甚至像是告别。

咔嗒、咔嗒——

她急得哭了，发了疯似的跑向海边。

可是，什么都没有。

日光依然强烈，投下山峦和村庄的影子，把海染成蓝色。

除此之外，什么都没有。

她还是一无所有。

第七个白夜，一条身长约二十米的抹香鲸横卧在浅滩上，身上有明显的被渔船撞击的伤痕。除此之外，大家对它一无所知。它已无暇顾及大批寄居蟹在身下爬过的瘙痒，只是大口地喘着粗气，等待着临终前的平静。

三天后，腐败的气息散开了，全村的人都聚集到了海滩上。几个渔民在窃窃私语，商量怎么靠它胃里的龙涎香发上一笔。牧师为它做着祷告，孩子们全然不顾蔓延的腥臭嬉闹着，像是在为死亡欢呼。牧师见状把孩子们拉拢过来，硬要给他们科普一下“搁浅”。

“所有哺乳类都会尽量维持呼吸，它们宁愿晒死在海滩上也不愿溺死在水里。这是一种本能。我们都有这种本能。”孩子们显然对这些科学知识没有兴趣，几声敷衍后，借故跑开了。没有人捧场的牧师显得很尴尬。

惊奇、慌乱直至索然无味之后，一切平息。村民们深知要搬动这个大家伙需要多大的吊车，需要花费多少钱，而他们什么也没有。为了躲避腐臭他们不再去那里，冥冥中等待着大自然尽快处理掉那具巨大的尸体。

直到第十个白夜，炼梦师才现身。几天前她曾来过，只是站在堤岸上远远望了它一眼，便转身走了，比从前任何时候都更绝情。

此刻，炼梦师不但没有难过，反而欣喜若狂地跑啊，跳啊。她并不觉得抹香鲸已经死了，她知道它将一直活下去，直到时间的尽头。此时此刻他们的命运已经连在了一起，所有的情节都指向着一个结局——他们将在梦中得到永生，获得充溢的自由和幸福。现在炼梦师要做的，仅仅是触摸它的肌肤，记下它的样子，把一切都刻在脑子里。

她赞叹着这个神奇的物种，巨大而美丽，似乎蕴藏着所有来自深海的秘密。在它深重又不知去向的睡眠里，是否有着和她相同的爱与恨？她想轻轻碰一碰抹香鲸的身体，在它身边耳语哄它入睡。她甚至幻想自己掉进了那个构造复杂的气孔里，一路摔进去，与它合二为一。这些可怕的念头，一下子全都冒了出来。就像喷涌而出的石油柱那样让人惊喜不断。

她鼓足勇气，靠近了它，令人难过的是，呛鼻的腐臭味堵满了她的鼻子，她吐了。更糟的是，一只兀鹫把抹香鲸的眼珠给啄了下来，正好掉入了她的怀里。在她手中，那颗血迹斑斑的眼珠依然平静地凝视着她，就像在海里时一样。那天，炼梦师梦到了那只眼睛，它肆意地穿梭于梦境的各个角落。时而落在颠倒的树上歇息，像鸟儿扇动翅膀那样玩弄着睫毛；时而又失了魂一样横冲直撞，在炼乳似的建筑上留下悲伤的血迹，似乎在找一个归宿。炼梦师看着这只眼睛，心里充满愧疚，自己竟然在快要成功的时候退缩了。这只孤独的眼睛纠缠着她的梦境，好像无时无刻不在苛责着她的懦弱。一切都还不够彻底！——炼梦师终于下定了决心。她要在抹香鲸的身体里度过最后的白夜。

炼梦的过程进行得迟缓而又让人心碎。炼梦师赤脚来到了岸边，全程都感受着砂石与脚底摩擦的疼痛，此刻尤为强烈。她的手里揣着一把短柄的刀，刀上有一个浅浅的血槽，月牙似的坠在锋利的刀刃边。对于这种事，她丝毫没有经验，怎样切割一头身长二十米的抹香鲸，要切割出多大的口子才能让自己顺利地进入它的身体？虽然她还不确定要怎么做，但是刀子已经在抹香鲸的撞击伤口上划下了第一刀。

砰——抹香鲸爆炸了，整个村子为之震动。大家躲在家里瑟瑟发抖，没有人敢去想到底发生了什么。抹香鲸炸得四分五裂，炼梦师的眼前一片血肉模糊。她曾经听说过鲸鱼自体爆炸的事，却没想到真的发生了。或许是因为鲸鱼体内腐败的气体过多了，刀子的切入引发了这场灾难。她没有落荒而逃，尽管已经被血肉淹没。她反而觉得这是上天的垂青。在灼目的阳光下，她不久就找到了那颗暗红色的心脏……

最后的时光里，炼梦师终于感到了无边的飘逸和快乐。她只要吹口气，抹香鲸就会一头扎进海里，然后消失得无影无踪。而只要她灵光一闪，抹香鲸就会从世界各地奔向她。久而久之，只要一想到抹香鲸是多么忠诚的朋友，炼梦师就会幸福得发晕。她想，一旦真的拥有了什么，就不必浪费什么时间在别的地方了。于是，她忘记了身世，忘记了姓名，最后把自己完完全全地放下了。

整整四十八个小时过去了，炼梦师没有醒来，她的脸上浮现着前所未有的幸福表情，看上去就像一个不谙世事的婴儿，或是一个尚在孕育中的种子。

漫长的白夜落下了帷幕。母亲醒了，身体依然动弹不得。电视里抹香鲸爆炸的新闻仅仅持续了一分钟，它发生在一个遥远的城市，母亲甚至都没有听说过。她忽然想起方才随意翻看了丈夫留在枕边的圣经："神称光为'昼'，称暗为'夜'。有晚上，有早晨，这是头一日。"读完这一句，她便睡着了。

黑夜到来，气温骤降。

另外三个孩子从外间传来了吵闹声。

不用担心，门被锁得死死的。月光下的骷髅依然行走在对面的装饰画上。母亲觉得自己的肚子里长了一块冰。她恢复了力气，抬起手轻轻抚摸着自己的肚子，担心里面的生命已经停止了生长。

她思念着尚未出生的炼梦师。想到还有一个月才能再见到她，她伤心地哭了。

杀死一个图书管理员

“有一个故事，无论我写或不写，它都已经存在。这个故事，始于任何方向，通往所有终点。无论人们是否阅读，它都已经被理解。”

——数月前，田西在某个深夜醒来，下意识拿起枕边的手机，点开朋友圈的红点，看到了孔维刚刚发布的这条信息，时间显示为：1 分钟前。很快，困意再次袭来，田西来不及思考就睡着了。第二天，孔维没有来上班，凌晨的信息也被删除。几天后，单位的领导接到孔维父亲打来的电话才得知，她竟然毫无征兆地失踪了。

孔维在湿地保护区担任图书馆唯一的图书管理员。图书馆深不可测，有点“无限”的意味，据说宇宙的目的就蕴藏其中。图书馆的建筑资金由未透露姓名的海外企业家提供，选址完成后很快交给一个名不见经传的瑞士人设计。图书馆的天花板呈环形，书本被完美嵌入，只要没有人借阅就不会掉下来。整个图书馆的藏书按 26 个英文字母分类，和大丽花的花瓣一样，每个分类的书籍数量都是漂亮的斐波那契数列，可惜没有人亲自点算过。这些书籍布满了灰尘和污渍，内容涉及诸多遗失的精美数学公式以及未完成的可能成为杰作的作家手稿，几乎没有人借阅。没有人知道为什么要建这样一个图书馆，也不知道为什么要花钱养这样一个图书管理员，他们私下怀疑孔维和上面领导的关系。

每次经过图书馆，田西总能看见孔维伏在案上涂涂写写。在这样一个广阔的空间里，光线的折射肆意妄为，形成了许多几何阴影。

孔维的行踪成谜，警方没有任何线索。整个湿地保护区笼罩着挥之不去的流言，自杀、情杀、劫杀，诸多猜测不绝于耳。而大多数人还是认为，孔维死于溺水，毕竟原岛上类似的意外并不稀奇。总之在大多数人心中，这个年轻的女孩已经不在人世。

孔维的失踪，成了田西的心事。他发誓在很久以前已经认识孔维，那时他只有八岁。二十年前，田西的父母被派遣至原岛湿地保护区搞鸟类研究工作，从此便在这里定居。在开往原岛的车客渡上，田西第一次见到咸水。他走上甲板，船只像醉汉一样跌跌撞撞地腾在浪花上，慢慢钻进血红的日落。不知为何，他觉得他的整个生命也一同栽进了这片血红的日落里。岛屿开始变形，很快它就不再是一片遥远的岛屿，反而更接近大陆。

“所有的大陆都是岛屿，没有什么不同。”一个女人如是说。她穿着剪裁丰富的复古风衣，涂着血红色的唇膏，就像最后一束落日的光。他暗中记住了女人的脸庞：眉眼平静，嘴唇丰厚，隐约透着性感。当二十年后他在保护区见到孔维，他确定他再次见到了那个女人。至于她为什么没有变老，无法知道。

不久以后，保护区迎来了一位新同事。大家的关注点很快从孔维的失踪变成对翟北的种种好奇，热点转换几乎不留任何承上启下的余地。

有人说翟北在原岛当地的中学毕业，大学期间随家人一起移民至美国。在原岛，还有不少亲戚脉络；还有人声称曾经目睹翟北潜入图书馆，他拿着一个手电筒，爬上梯子，试图去够天花板上的藏书，可惜梯子不够长。很有可能所有的梯子都不够长。

奇怪的事情发生了。同事们或多或少有过这样的体验：当他们与田西或者翟北之间的任何一个对话时，总会不由自主地想起另一个。显然，他们的容貌、神情、音质乃至个人经历并没有任何相像的地方。田西的头发很短，因此不需要遵循任何发型章法，处理起来十分随意。他平时常戴一副金丝边眼镜，衣品方面无功无过，倒也干净整洁。虽然他热衷文学和音乐，但这方面的文艺气质并没有反映在他的外貌上。在同事看来田西就是一个无所事事的宅男，加之他长期空窗，很多人坚定地认为他是一个同性恋。值得一提的是，田西非常肯定自己不是同性恋，但他也不能肯定自己是一个异性恋。在他短暂的二十四年的人生经历中，从来没有和女性交往过，也没有同她们性交的原始冲动。

而翟北，则是一个走到哪里都熠熠生辉的人，除了漂亮的履历之外，他是那种仅靠颜值和身材便能征服女性的人；他还有理想，虽然很少有人对他的具体理想感兴趣。事实上同事们对这位青年才俊的到来，都抱着一种怀疑论的态度，总觉得他此行目的不纯，当然这种怀疑不是毫无理由。翟北目前仍就读于美国的麻省理工学院物理系，他的导师是著名的物理学家杰昆·金斯伯格，如果对量子力学有兴趣的话，可以在BBC拍摄的各种纪录片中看到这位英俊、严谨、幽默的科学家。受到杰昆的推荐，前年暑假翟北来到位于伊利诺伊州巴达维亚草原的费米实验室做实习生，顺便开始撰写他那篇探究“何谓现实”的毕业论文。在费米实验室，质子和反质子的高速碰撞每秒都要进行一千多万次，除了有机会发现更小的粒子，也随时可能制造出无名的宇宙和黑洞。由于资历尚浅，翟北只能做些资料的记录和分析工作，就和田西现在做的差不多。但谁都知道，这份工作对任何一个初出茅庐的物理学研究者来说都是可望而不可即的。让人意想不到的是，两年后翟北就单方面宣布了退出的消息。杰昆对翟北非常失望，从那以后他们就不再私下联络。在即将毕业之际，翟北通过网上报名，轻而易举地获得了原岛的志愿者工作。由于与他研究邻域南辕北辙，加上突如其来的一桩命案，阴谋论甚嚣尘上。

由此可见，唯一可以把两人联系起来的，仿佛只剩下相同的性别和相仿的年纪。正因如此，大家都非常默契地认为这是种错觉，没有说出来的必要。这就造成了一个相当有趣的局面：田西和翟北都不曾有过同自己对话接触的机会，所以他们当然无法察觉到这种不可名状的“似曾相识”。加上大家都没有把这个感觉说出来的冲动，这种“相像”变成了一个悬而未决的事情，直到有人说出来，它才可能成为事实。

翟北到达保护区后，没有立刻投入研究工作，他似乎对混乱的潮汐状态不感兴趣。他终日泡在图书馆里，仿佛他是专门被请来顶替孔维的工作。翟北的行为引起了大家的注意，保护区的领导曾多次找他谈话，却都被硬生生搪塞过去——原岛的秘密或许就藏在这个图书馆里。

很快，警方调查发现，孔维和翟北之间曾经有一段秘密的恋情。翟北解释说，他们是网上认识的，从未见过面。在他来原岛之前，他们已经分手，没有任何纠葛。警方查阅了孔维的个人计算机和邮件信息，证明了这一点：翟北并没有加害孔维的动机。更重要的是，孔维现在生死未卜，不可妄下定论，但同事们已经认定就是翟北杀死了孔维。

午夜，潮水拍过杉树林，匆匆低入水草中。猫头鹰、红蝙蝠藏身枝丫间，伺机捕捉卑微的底栖生物。一群白鹭掠过，在水面投下漆黑的影子，仿佛被割去了分身。

田西驾驶一艘小皮艇，在逐渐退却的洪水里潜行。他早已熟悉了关于漆黑的一切，夜晚越浓郁，感官越灵敏。在微弱的探照灯下，潮水显出稠稠的赤色。这种色彩是由熟透的杉树叶以及淹死的红螯相手蟹调和而成，像一锅发霉的汤，散发着成熟的腥味。每到秋季，原岛都笼罩在一股神秘的潮汐力之下，沿岸地区会迎来长达数周的洪水。就连高大的水杉也难以幸免，它们被拦腰浸泡在污浊的水中，直至腐烂。

洪水一向说来就来，说走就走，并不遵循任何规律，溺死事件时有发生，这也是人们猜测孔维死于意外的缘由。让科研人员头疼的是，似乎任何物理法则都无法解释这种小范围的潮汐混乱现象，有效的预报也无从谈及。这两年，赤潮更加凶猛，肆意污染着内河水，政府无奈之下只好关闭水闸。于是内河成了死水，无法进行循环自净。不消一个礼拜，所有的自来水都会发臭，不能饮用。因此，沿岸的居民纷纷搬离至十公里以外，这里成了人迹罕至的荒原地带。

几年前，田西来到湿地保护区管理处工作。由于没有合适的岗位，领导就让他做潮汐预报员。之前，田西从未听说过这项职业，身边的人们也对此一无所知。潮汐预报员就像是天真的杜撰一样，听上去不是一份正经职业。不过很快，他就明白了潮汐预报的严肃性，并确定了自己的职责所在——和字面上没有出入。洪水期间，他每天都要和同事一起做潮汐调查，直到深夜才能下班。虽然无法准确算出每日的潮涨潮落，他还是要用公式把原本的潮汐时间算出来，再与洪水期间的潮汐状况作对比，最后将数值交给科研人员进行研究。当洪水泛滥的时候，这项工作就变得困难重重。潮汐使海浪变得诡异而迅猛，脆弱的皮艇随时都会倾覆。另外，水域中错综复杂的礁石分布也增加了驾驶的难度，作为团队中唯一的本地人，田西自告奋勇成了掌舵的“船长”。

这天，平日里和田西一起做调查的两名同事恰好都请了假，为了不耽误研究的进程，翟北被领导安排和田西一起值班。为此，田西感觉到一种莫名的忐忑，自从翟北来到单位以后，他们除了用“hello”打招呼，说“再见”告别之外，没有其他交流。在翟北心里，也隐隐存在着这种同感。显然他们之间还来不及形成任何嫌隙和偏见，但是彼此的隔阂似乎与生俱来。就像隔了一个宇宙似的，所有的物理法都无法适用于对方的世界——即使他们知道彼此的存在，也不能进行任何交流。起风了，不时有焦脆的落叶被刮到小艇上，同时也带来了一个可有可无的话题。

“这里的秋天好像特别长。”

“你才来多久，就有这种感觉了？”

“确实不久。”

“不过你来了以后，说不定我就要换岗位了。”

“为什么？”

“原岛的秘密很快就会被你揭开吧。”

“我倒也这么希望。”

又是一阵沉默。皮艇不断向着黑暗进发，驶入沉默的更深处。对于这样冗长、静谧、孤寂的夜晚，两人似乎都抱有某种期待。

“你知道那个失踪的女孩吧。”短暂停顿之后，翟北继续说道，“和我说说她吧。”

“难道不是你杀了她？”田西反问。

“如果她死了，我根本没必要留在案发地，早就逃之夭夭了。”翟北说。

“倒也是，不过我和她不熟，说不出个所以然。”田西道。

“对她完全不感兴趣？”翟北继续追问。

“其实我和单位里的同事关系都挺淡的，私下里没有联络。在这个地方，孔维是唯一让我有探索欲的人，不过从来没有机会靠近她的生活。”

“喜欢她？”

“没有到那个层面。”田西肯定地回答，“她对我来说是很特别的人。”田西脸上掠过一丝很快被斑斓的树影掩盖的悲伤。关于那条关键线索——深夜“朋友圈”，田西始终没有提及。因为他无法确定那到底是梦境还是现实，也不理解这段话的意义所在，虽然他清楚地记得这条消息的每一个字（这一点令他十分惊讶)。除了那层淡淡的同事关系，他确实对孔维一无所知。

“你在美国都研究些什么?”田西从来没有听说过这样的机构，也没有兴趣知道。但是今天，他忽然有了那么一点兴趣，也可以说是为必然的冷场找到了一个暂时的出口。

“现实。我们研究什么是现实。”

“研究出来了吗?”

“还差得很远，那些推断都太过复杂，不像真理。”

“那真理应该是什么样?”

“十分简洁易懂，并且充满美感。不过我们得先搞清楚什么是现实的最小组成部分，才会有头绪。”

“你的意思是，现实是一种物质?”

“对，就像这片叶子。”翟北顺手捡起一片落叶，轻轻一捏，叶子清脆地碎裂了，在秋风里散发着植物独特的味道。“如果现实是真实存在的，它就会像树叶一样，可以被捏碎。”

田西对这样的比喻束手无策，不过翟北刚才的话却给了他另一种启发。

“不知道为什么，今天的对话让我觉得有些似曾相识，好像很久以前就发生过。我们在同一天，同一个地方，说过同样的话。”

“你觉得一切都在重复发生?”翟北问。

“就像一个紧闭的圆环，我不知道如何表达，反正我们走不出去。”

“一切都被写好了。”翟北说，“我们的研究方向完全错了。”

“怎么错了?”田西问。

沉默片刻后，翟北毫无征兆地谈起了自己的私事：“我父亲得了一种怪病。他觉得，身边所有的人都是别人假扮的。”

“包括你吗?”田西问。

“嗯，可以说是精神上的绝症。在我父亲的世界里，现实是另一种样子。即使现代医学可以在他的大脑里找出那个异常的神经元，也不能改变什么。”

“他认为现实是什么?”

“我父亲一直怀疑自己是一本小说里的人物。他的命运不可抗辩，他所做的所有决定都早已被决定。于是他放弃了所有抗辩。你知道可怕的地方在哪里吗? 就连这种放弃也是注定的一部分。于是他陷入了一个怪圈，陷入了永恒的痛苦。”

“这么说来，我好像也有这种症状。”

“去年，我们学院拥有了自己的量子计算机。那是一种遵循量子力学规律进行高速数学和逻辑运算、存储及处理量子信息的物理装置。”翟北继续说，“有了量子计算机，我们实现了一种超能运算。简单来说，它可以在不知道问题的时候，就给出答案。持续的研究颠覆了我的世界观，我疯狂地沉迷于量子计算。直到……”

“直到什么?”

“直到我们发现宇宙的目的就蕴藏在孔维管理的图书馆里。

多年前，这个图书馆还不成气候，如今它已经成了一个精妙的装置，随时可以决定这个世界的命运。”

“你为什么要把这些告诉我？”

“只有我们俩在一处时，世界才会露出破绽。”

“我不懂你的意思。”

“一切都被写好了。你可以把她想象成一个写小说的人，我们都是她一时兴起的创作。她根据自己的成长经历塑造了‘你’，后来她又否定了这种创作方式。所以她用一些支离破碎的阅读经验和知识储备创造了‘我’。我们本来不可能有机会同时出现，但她犯了一个错误。她缺席得太久，这个世界开始自己生长，变得不可控。”

“那你此行的目的呢？”

“杀死孔维。”翟北神情坦然，回答得很干脆。

“为什么要杀死一个写小说的人？”

“我刚才已经说过，这个世界即将被她毁灭，没有人能阻止她。”

“你的意思是……她是神？”

虽然眼前已是一片漆黑，但仿佛还有更深的地方。

“类似吧，至于她具体是什么，还无从知晓。就像三维世界的智慧人类永远无法理解高维世界的几何图案。她在历史上现身不多，但无一例外都引起了轰动，不过最后都被抹去了，不留一点痕迹，我利用量子系统才找到了一点线索。

“二十世纪中叶，她身处苏联。为了对抗政府的文化封禁，她曾在全国范围内组织大批青年志愿者收集医院用剩的 X 光盘，用来刻录违禁摇滚乐，并在旧货市场贴上‘猎奇之物’的标签低价出售。由于这些光盘的封面大多都是人体骷髅，所以被称为‘骨碟’。很快骨碟举国畅销，一些政府官员也开始私下里收藏限量版‘骨碟’，在招妓或者吸毒时助兴播放，引起当局不满。散播骨碟的青年们大多被捕，而她却逃脱了制裁——据说这个中国女人凭空消失了，政府派遣的特工调查了几十年也没有取得任何有用情报。如今利用量子系统才知晓了这段往事，一些珍贵的‘骨碟’至今仍被收藏在图书馆中，其中甚至包含了从未被创作出来的作品。

“还有证据显示，二十世纪后叶，她来到了秘鲁纳斯卡荒原，那里正举办一场盛大的 New Age 主题音乐会。现场拉起了可以给金字塔当雨罩的巨型投影，来自世界各地的观众涌入会场，互相交换神秘的目光。作为世界最负盛名的平衡大师和热场嘉宾，孔维将为二十万观众展示从未公开过的表演。她用指尖轻轻竖起一根天鹅羽毛，接着在羽毛尖上搭起了一副完整的翼手龙骨架，整个过程耗时一个小时零一分钟，表演一气呵成，没有丝毫差错也没有多余的粉饰。最令人惊叹的是，这不像是经验所得，而是更接近神迹。从此她被奉为偶像，巡回演出从撒哈拉沙漠开到了中国长城。后来……她与摩洛哥王储穆罕默德相恋，在下个世纪到来之前分手告终。”

在翟北的述说中，孔维的形象如浪潮一样渐次汹涌，扑面而来。

“她现在在哪里？”

“她应该就在图书馆，不过那里的构造太过复杂，暂时还找不到她。”

“她知道你要来杀她?”

翟北摇了摇头说:“无从知道。或许她还在犹豫之中。犹豫是我们唯一的机会。”

田西忽然觉得日复一日的工作失去了意义,除此之外别无其他。黑夜凝滞了,没有变得更深沉。第一次来到原岛的那个傍晚变得更具体:那个女人直接叫出了他的名字,并预言五年后他的父母将死于一场诡谲的龙卷风。之后的日子里,他度日如年,每天都活在恐惧中,直到预言成真。此刻他确定他所承受的痛苦,全都来自这个女人。

“怎么样才能找到她?”

“她躲进了一个秘密的办公室里,而通向办公室的阶梯很难走,我至今还没有想出解决的办法。”

……

说起来,这一夜的潮水十分蹊跷。他们很不走运,由于潮水退得太快,皮艇搁浅在礁石间,动弹不得。很快,雾气腾腾地笼上来,周遭模糊成一片,田西立即打开探照灯,紧张地寻找着翟北。

“别着急,我没事。”翟北握住了田西正在晃动的手。

“听好了,我数一、二、三,一起用力划桨!”田西在黑暗中指挥着。

两人七手八脚地挥起浆,却不知道该往哪里划。皮艇卡得死死的。

“如果实在动不了,我们就走回去好了。”

“待着别动，现在下船等于送死。”田西深知浸泡了半个月的陆地如同沼泽。另外，谁都不知道潮水会不会卷土重来。慌乱中，水面像煮开了一样，发出咕咕的声音。蓦地，地面震动起来，似有千军万马奔腾而来。

“什么声音?”

“大概是涨潮。”

“不会吧，涨潮应该没有那么快。”

翟北看起来很焦虑，危险正浩浩荡荡地涌来，似乎可以嗅到死亡的气味。虽然难以置信，但两人心里都明白八成是遇上了海啸。在伸手不见五指的情况下，没有人说破——这时候弃船已经来不及了，他们在绝望中做着最后的努力。

“划呀，不要放弃。系紧救生衣。”田西继续鼓励着，但明显底气不足。这些礁石显得冰冷、无情，它困住他们，就像困住自己。

“放弃吧。”翟北的声音在狂怒的自然界中显得很微弱，“太迟了。”

田西好像明白了什么，绝望的表情缓和下来，眼中闪着释然的光。

“犹豫结束了吗?”

渐渐地，世界变得异常宁静，分不清是谁在说话。

田西从灾难中幸存下来，翟北却不见踪影。田西惊奇地发现，当皮艇被吸入旋涡的时候，周围不是水，而是无数扭曲的影像，就像断片的电影那样。旋涡直接通向图书馆，他看到一串美丽的阶梯像蛇一样延展开来，在阶梯的尽头，他窥见了孔维的身影。

神就那样柔软地伏在案前，明亮得像世上唯一的光。忽然，一个强烈的念头油然而生，他想起身上携带着一捆应急绳，只要力度掌握得够好，十分钟之内就能置人死地。他义无反顾地攀上阶梯，奇怪的是阶梯好像越走越多，像是无限似的——秘密的办公室看起来近在咫尺，却怎么也到达不了。

甜河酒神

1

转眼张酒臣已经回到阔别多年的故乡，回忆一个往事中的人。

那时候，圆圆沙只有几百户居民和十几家商铺。张酒臣自家的酒酿铺子极其出名，都说“吃一钵甜进心，吃两钵微醺醺，做起活都没得劲”。虽然张酒臣对做酒酿兴趣索然，但生来就是这块料，他尤其懂得发酵和气候的关系，这点令家族里的长辈都自愧不如。入冬前，阿爹要他做完一百坛酒酿才让他上整天学，否则只去半天。不过那半天学，也上得很随意。他经常逃了金老师的语文课，带着事先打包好的酒酿去晒谷场找徐质夫。徐质夫整天都在那里，除了发呆不干别的。他也爱吃酒酿，只是里头要搁桂花碎子。

“今天的酒酿怎么样？”

“甜度刚好，但桂花湿气太重。”

“圆圆沙再也找不出比你还刁的嘴。”

“最近天阴乎乎的，桂花哪里晒得好。”

徐质夫不善与人交际，三十好几还像个半熟少年。一来二去之间，和表弟倒像同龄人。趁别人不注意的时候，他们经常说些大胆的话。

“我吃过台湾寄来的桂花糕，小巧玲珑的，就像姑娘的心。”

“姑娘的心?”

“对。”

“那是什么味道?”

“甜的呗。”

张酒臣“切”了一声，继续说：“是大姑父寄给你的?”

“嗯，好多年前了。”

“你们还有联系吗?”

徐质夫做了个“嘘”的手势，轻声说：“有的。”

张酒臣也压低了声音：“你胆真大，都靠什么联络？写信肯定行不通。”

“不好说，下次告诉你。”

“下次又是哪次，你什么时候和我说说大姑父的事情。”

阳光忽然从乌云后面投射下来，带来一柱珍贵的温暖。谷子很快灿烂、舒展起来，徐质夫忍不住躺在上面，感觉被一双温热的手抚着后背。他闭上眼睛，认真地说起上次见到父亲的场景。

“那天，家父驾驶水上飞机从黄浦江岸一直开到圆圆沙的南星码头。”

“开玩笑？水上飞机!”张酒臣吃了一大惊，“还真有那种玩意儿？不是骗我的吧。”

“不信我就不说，说了也没意思。”

“信信信，你快说。”

“我猜他本来是要开马丁飞机来见我的，开马丁飞机的意义更大，但操作上不好实现。”

“为啥?”张酒臣入迷地问。

“飞机跑道的问题。圆圆沙没有飞机跑道，所以只能开水上飞机。”

“哦!”张酒臣连忙点头，好像了解了什么内情。

“那飞机的颜色很稀罕，就像一种在地球上消失很久的凤蝶，我只在画册上见过。机身油光锃亮的，照得出人影。那天家父穿着绛红色的休闲夹克，胸前的口袋里还插着半根手卷雪茄，隔着老远我就闻到了那种烟草味，父亲说是多米尼加产的。他又说起现在住在阳明山，那里忽晴忽雨，一不留神就变天。他希望时局好了以后把我接过去，继续读小学，接着升中学。他还说他的女朋友看过我的照片，她很喜欢我的样子，说我长得很神气，像父亲。”说到这里，徐质夫脸上浮现一种陌生的表情，仿佛变成另外一个人。

“然后呢?”

“后来我们一路回家没有说话，父亲不时左右凝望，好像看待一个从未去过的地方。父亲见到了病重的奶奶，但她认不得父亲了，也不好说话，一口痰总是堵着她。父亲像是有点倦了伸手去掏雪茄，却突然想起什么心事，悻悻放下了手。我记得父亲的眉毛很长，似乎要落到眼球里去。那天他留下来吃了晚饭，虽然有点不通人情，但确实没通知别的亲戚。王妈烧的晚饭，做了他最爱吃的松鼠鳜鱼、百叶包子还有香菇菜心。晚饭时，他问过母亲的丧事还有我的学业，就没话了。第二天一早他走得特别急，好像有什么要紧事。”

“后来他再也没有回来？”

“再也没有回来。”说到这里，徐质夫依旧笑盈盈，看不出任何悲伤。

张酒臣扯开了话题：“大姑父当年到底是怎么当上飞行员的，又怎么加入了国民党？还有他到底是怎么搞到马丁飞机一路开到日本领空的，你都给我说说呀。”

“这些你可以去问你妈，她知道的比我多。”

“不说拉倒。”张酒臣知道，自从徐家大宅被人放火烧了两次后，爹妈定是不敢再提起大姑夫了。“对了，那驾水上飞机呢，在何处？”

“还在这儿呗。”

“我怎么从来没见过。这么大个玩意儿，你哪里藏？”

“我计划着总有一天邀你坐坐。”

“不是骗我的？”张酒臣将信将疑。

“我啥时候骗过你。”

此时，乌云已完全游走，树林、田野、小溪流泡入了暖色。张酒臣眯着眼睛，似乎睡着了。而徐质夫的心思到了很远的地方，他唱起一首歌。“我们坐在高高的骨堆旁边，听妈妈讲那死人的事情。”他唱得意洋洋，慢慢枕起手臂，跷上了二郎腿。

“你唱的啥，瘆得慌。”张酒臣眯着眼睛，惺忪忪地说。

“别打岔。”徐质夫又咧开嘴唱起来，“那时候，姑娘没有土地，全部生活都在两只乳房上，汗水流在地主火热的田野里……”

“哈哈哈，这歌好。我得学。”

严格说来他俩都没和姑娘好过。大概因为天没完全冷，他俩还惦记着色情的事情。这时，几个学生模样的姑娘路过晒谷场，她们背着粪桶，正要去浇菜。泥路崎岖，还没到菜地，粪水已淋了满头满脑。

“难为这些姑娘了。过些日子我们村里要造梯田，她们也要一道去。”

“造梯田？哼哼。”徐质夫不屑道。这时他才发现晒谷场的墙壁上张贴了新的广告画，画上的老农指向充满希冀的原野，周围的青年陪着喜笑颜开。画上赫然飘着一行红字：广阔天地，大有作为。

“造梯田算啥，大岛上组织了一支上万人的围垦大军，准备向大海要田，向海滩要粮。听说那儿来的知青天天晚上躲在被窝里哭，真可怜。”张酒臣说。

“被窝可是个好地方，除了能呜呜哭两下不至于太丢面子，还能放心大胆地读小说。”徐质夫说。

“什么小说？”张酒臣问。

“外国小说呀。”徐质夫道。

“哪儿来的外国小说？”张酒臣又问。

“从前有，现在也有。只是不在市面上传，底下看的人多着呢。”徐质夫说。

“我就没看过。”张酒臣道。

“下次我带给你看。你喜欢什么内容？”徐质夫问。

“冒险的……不……有没有那种讲……讲爱情的？”张酒臣

故作无意间问。

“那就《呼啸山庄》吧。”徐质夫不假思索地说。

“《呼啸山庄》？名字好奇怪咧。”张酒臣耸肩说。

“呼啸山庄是希斯克利夫住宅的名称。呼啸是一个本地字眼，惯常用来形容暴风雨时节约克郡这块荒凉地方的狂暴气候。从那房屋尽头几棵过度倾斜的矮树，还有那一排刺丛，枝条全向一个方向伸展着，好像在乞求太阳的温暖，就可以想象得出北风从山坡上面吹过来的威力了。”

“这就是呼啸山庄？”张酒臣打了个冷战，感觉到一股邪风灌进了领口。

“这就是呼啸山庄。”徐质夫应道。

“讲的什么故事？”张酒臣急忙问。

“讲出来就没意思了。阅读小说就是经历不同的人生，我不能剥夺你的经历。”徐质夫说。

“要这么多经历做什么？还不如种庄稼来得实在。”张酒臣说。

“这么好的土地都种了谷子和小麦，那才叫可惜。”徐质夫道。

“不种谷子小麦，种啥？”张酒臣抓一把地上的谷子，又把它们扔了出去。谷子又落入谷子里，不分彼此。

“发挥你的想象力啊。张酒臣，你的精神世界太匮乏了。”徐质夫说。

“我……我想吃葡萄。哥，你吃过葡萄吗？他们都说吃不到葡萄说葡萄酸。那真的葡萄应该特别甜。”张酒臣兴致勃勃地说。

“没吃过。”徐质夫答。

“也对，这里气候湿，霜冻又厉害，哪里种得出葡萄。”张酒臣说。

徐质夫盯着广告画出了神，画面因长时间的凝视开始失真，变成另一副陌生的样子。但一切还来不及细想。“等太阳好起来，我们就种葡萄。”说着，徐质夫起身撕下了广告画。无奈浆糊粘得牢固，只撕去了一部分红字和快乐的老农，广告画上只留下几个笑得茫然的青年。

年迈的张酒臣瘫坐在旧时的晒谷场里回忆往昔。多年以后这里依然是晒谷场，但已集体化。这时，一个电话乘虚而入。

“张老师，如果您有时间，可否带我参观一下徐焕生的故居。”一个年轻的声音说道。

“上次和你说过，这里是我表哥的家，不好随便带人来。另外，徐家大宅老早就被烧干净了，没有什么故居。”

“张老先生，我调查过，徐焕生并没有儿子。他在上海老家娶过一个妻子，但二十多岁就因病去世了，没有子嗣。他有两个女儿，目前都在台湾，身体还很健康。如果您愿意的话，我们可以当面聊聊。”

“你说的事情，我没兴趣。”

张酒臣挂断了电话。

2

张酒臣依然记得那个潮湿的清晨，天色青灰，河流沉静。那天是他的十五岁生日，他提前做好了一百坛酒酿，并私自藏了两坛桂花酿的留给表哥，打算让他放心吃到元宵。

虽然错过了早课，张酒臣仍旧漫不经心地在河边走，他望着田里踟蹰不前的水牛，忽然觉得他俩之间有那么一份道不明的默契。自从看了《呼啸山庄》，他总有点怏怏不乐。每到晚上他就悄悄偷了阿爹的手电，窝在被子里使劲读。一开始他读得饶有兴致，但越到后面，就越读不下去，他几乎要相信那些大人说的话了，一些外国小说里头可能有魔鬼，专门吃人的心智。就在他准备去上早课的时候，徐质夫不知从哪儿冒出来拍住他，递给他一个厚厚的信封。

“拿去玩。”

“什么东西?”

“别给人家看见，自个儿研究。”

张酒臣心领神会地把信封揶进书包。金老师经常说整个圆圆沙最反动的人就是徐质夫，如果不好好改造，将来就是个大祸害。真是这样吗？张酒臣不那么想。表哥从来不会和那些反对他的人计较，这点让他尤为钦佩。另外，他眼里的表哥算是个了不起的人物，年幼时，他甚至以为只有自己才能见表哥。

在别人眼里，他可能是另一个人，或者根本不存在。

他们聊起了《呼啸山庄》。

“书看了没?”

“看了。”

“怎么样?”

“什么爱情故事，明明就是一个鬼故事！世界上真有爱成这样的人，死了还不罢休？也太吓人了。”

“哈哈，你还是读《堂吉诃德》吧。”

这时路上多出许多人来，徐质夫悄悄滑入一片芦苇荡，隐身不见了，倏尔又露出一只手，和表弟挥手作别。张酒臣会心一笑，居然有点依依不舍。

上课时，张酒臣忍不住翻出桌肚里的信封，结果让他大失所望，原来只不过是一张外国美女照片，还是黑白的。他当然不知道，那是玛丽莲·梦露在电影《七年之痒》里的经典剧照。多年以后他才从纪录片里得知，这个女孩曾为美国总统大唱生日歌，后来死得不明不白。

照片里的女孩穿着挂脖白色连衣裙，捂着乱飞的裙摆，笑容性感又坦然。除了黑白剧照，信封中还包括柠黄、洋红、海蓝滤片各一张，每张滤片上都隐约透着女孩的倩影。不过张酒臣还是有点失望，心里还是惦记着徐质夫珍藏的那套外国裸体女郎杂志。和一百个裸体比起来，这礼物真心不划算。

课堂上，金老师要大家温习功课。今天她特意在耳后别了一个琥珀色的塑料发卡，穿着节日里的土橘色呢子大衣，还不露声色地抹了口红，像是要结婚一样。张酒臣发现，自从在知青欢迎会上出过风头以后，金老师经常那么打扮。虽然张酒臣没有参加那次欢迎会，但他听生产队的人说金老师作为校方代表朗诵了一首自己写的诗，反响挺热烈。他们说金老师朗诵到一半突然失声抽泣，不能继续，在场的人们也感动不已。后来金老师擅自将这首诗作为必考题目放进了期末试卷的阅读题中。她在考题中问：这首诗歌表达了作者怎样的思想情感？张酒臣依稀记得，其中一句好像是这么说的：我们正为共产主义而奋斗，你们应该生活在共产主义中了吧？他实在觉得好笑，却也答不出，就特意写了个“牌从门前过，不如摸一个。自庄莫做大，自摸也不差”。——那是他偷看金老师的笔记时瞄到的，由于顺口就记住了。他原以为拿住了金老师的把柄会得个高分，不料却被判了 17 分。他从未得过 17 分，整张卷子他只错了那一道题，难道这题值 83 分？他开始琢磨起 17 这个数字来。他知道 17 是一个质数，在所有质数中排名第 7，除此之外并无奇特之处。

张酒臣持续出神。他偷偷看着同桌李梦仙，她真美。他看到阳光穿过李梦仙的睫毛，到达眼眸中心，就像达到一片熟悉的湖泊。但他更向往她的裸体，想知道她乳房的形状和阴毛的色彩。他曾在一棵老洋槐树下对正在跳橡皮筋的李梦仙说你真美，却被她狠狠甩了耳刮子。她说你不要脸，周围的女孩子们呵呵笑作一团，然后一阵风似的卷着橡皮筋走了。想到这一点张酒臣又有点生气，他并没有不要脸，最多算是性骚扰吧。李梦仙太凶，要是温柔些就好了。

无意间，他将三张滤镜和黑白剧照叠加在一起，居然得到了一个彩色的梦露。他看到她健康的皮肤、柔软的头发和性感的脚踝，还有神秘遥远的蓝眼睛，蓝得发甜。他禁不住“啊”了一声。除了伟大领袖毛主席和他最亲密的战友们，那是他有生以来第一次见到正儿八经的彩色照片。

“张酒臣!”金老师发出警告。同学们也同仇敌忾地看向张酒臣。

张酒臣没有在意，他发现了更神秘的部分。无论他从哪个角度观察这张照片，影像都不会发生偏转，外国美女总是面对着他。张酒臣当即得出一个结论：这不是一个平面，也不是一张照片，这是真的！他害怕起来，手心冒出虚汗，一下子丢开了照片。滤镜四散，梦露又变回黑白。

张酒臣感到自己的心跳越来越快，几乎喘不过气，好像有什么不可名状的事物正在发轫。他强烈地意识到这是一个值得铭记的时刻。一生中值得铭记的时刻有多少呢？他觉得有必要为这个时刻添上浓墨重彩的记号，于是他亲吻了李梦仙的嘴唇。这一次李梦仙没有给他吃耳光，她涨红了脸，不能动也不能说话。

“流氓!”金老师上去就是一记耳刮子。

“你打我干什么呀，我又没亲你。”张酒臣被这突如其来的一记耳光打清醒了。

同学们哄笑起来。

“你……你给我滚出去!”金老师边说边跺脚。“还有你!”她指着李梦仙大喊一声，使出了劳动妇女才具有的肺活量。

张酒臣拖着李梦仙大摇大摆地走出教室，走廊里传来他不羁的歌声："我们坐在高高的骨堆旁边，听妈妈讲那死人的事情。那时候，金老师没有土地，全部生活都在两只乳房上，汗水流在地主火热的田野里……"他越唱越大声，声音却越来越远。一些同学嬉笑着伸长了脖子，有人说道："这歌好像是张酒臣的表哥教他的!"

金老师受到了莫大的伤害，她全身卸了力气，一股脑扑到讲台上呜呜哭了起来，就像全世界最伤心的人。

张酒臣牵着梦仙的手，又来到那棵老洋槐树下面。这一次，他们真真切切亲吻起来。不一会儿，她又咕哝着推开了他。

"哎呀，我怕是着了你的魔。"

"你怕了?"

"怕啥，就怕你个臭流氓?"

"如果我是臭流氓，你为什么还要和我在一道?"

"我才不要和你在一道。"

"那你回去吧。"

"不识好歹。"李梦仙白了张酒臣一眼，她终究不是好惹的，果真扬长而去，临走前还"呸"了一声。现在回忆起来，那时的女孩子们都带着一种奇怪的自尊，说是女权的萌发也不准确。

张酒臣觉得有点对不起李梦仙。他曾无数次幻想亲吻她时的感觉，如今实现了，多的却是另一种缱绻和惆怅。他自忖当时对李梦仙的感情可能是一种少年意气。尤其是读到《呼啸山庄》的时候，他知道他们离"爱情"还差得很远。

张酒臣决定再也不去上学了，他要告诉表哥这个消息。很快，他到了晒谷场，徐质夫果真在这儿，他正打包行李。

“你不是上学去了吗，来这儿干吗?”

“再也不回学校了。你这是要去哪里?”

“甜河。”

“去干吗?”

“度假呗。度假的时候，啥也不干。”

“怎么去?”

“坐飞水上机去。”

“去多久?”

“说不好。”

“等等，我给你拿酒酿去，你背着一起走。”

“不拿了，来不及。”

“咋来不及了?”

“你听说过飞机等人吗?”

“那……那就带我一道度假呗。我可以给你现做。”

“一道走也没什么不行，时间算得巧的话，没有人能觉察到。不过，这趟旅行可不一般，你要做好心理准备。”

“咋不一样?”

“我也是头一次去，不大清楚。”

“不打紧。不过，你会开飞机吗?”

“当然不会。不过，它不完全是一架飞机。”

两个月前，张酒臣就听徐质夫说要将水上飞机改造成“捕梦仪”，但这个词汇实在太抽象，他完全没有概念。他只捕过蝴蝶。他用长长的竹竿套着一个网兜，捕捉花园里翩飞的蝴蝶，却怎么也捉不到。时间长了，网兜里积了许多垃圾，有枯树枝、蜘蛛网、发臭的绿头苍蝇，甚至还有干瘪的小蝌蚪，就是没有半只蝴蝶。后来一个大人提醒他，圆圆沙没有蝴蝶。张酒臣不相信，在他熟悉的花园里，明明天天都能见到蝴蝶。长大以后，他就真的再也没见到过记忆中的蝴蝶了。这也成了一桩悬案。

不过，在晒谷场最为阴湿的17号仓库里，他确实见到了水上飞机。又是17，张酒臣心中默默嘀咕了一声。水上飞机比想象的弱小、陈旧许多。驾驶舱里，将将够坐两个人。张酒臣选择了后排的宽敞位子，欣欣然躺了进去，任由徐质夫摆弄驾驶舱里那些复杂的按钮。他刚想问出点什么，却不合时宜地发起困来。但他不甘心就这么睡了，他说起了梦话。

“照片里的姑娘是谁?”

“梦露。”

“梦露是谁?”

“一个有名的电影明星。”

“都演过什么电影?”

“最有名的是《七年之痒》。”

“你一定要带我看一看。”

“成。”

“哥，为什么梦露会看着我。无论我在哪里，她都看着我。”

“没什么花头，就是全息影像。对了，到了那里，什么也别打听。”

“好，那我就什么也不打听，反正我懒。”

半梦半醒间，张酒臣忽然想起他从未见过的大姑父，母亲还收藏着编有他事迹的剪报。他扫过几眼，知道他在德国科隆汉莎航空公司学习民航飞行、空气动力学、飞行力学、航空气象及其应用、飞行性能与操纵原理。二战期间，他驾驶马丁—WC139 重型轰炸机远征“日本”，投下纸炸弹。

梦里，他又听到一些有趣的声音，就像偶然截获的电波信号，微弱但清晰：

“士兵诸君，粉碎军部长常年的横暴，这正是时候了。士兵大众诸君，好好地想法打败仗，敷衍战斗，不要死，不要受伤，不要打仗。这正是忍之又忍的日本大众的争议，也是惩罚军部的使命。

诸位战友，必须告诉你们一桩真事实，我们负伤而陷入绝地，成为俘虏了，我们想到一定得死，军部长不是曾讲给我们听，说中国军队多么敌意多么残忍吗？但我们受着保护，受了治疗，过着毫没不自由的生活。中方告诉我们，说他们憎恶军阀的侵略，可绝不是日本士兵和民众的仇敌，这话的真实性，现在我们可了解了……”

更深一层的梦里，张酒臣听到螺旋桨的轰鸣声像无数灰色的鸽子迎面扑来。他看到军部长急着提上裤子，在银座的歌舞伎厅里抱头乱窜。他闻到居酒屋里的梅子饭团之味。水雾弥漫，酒客们望向窗外，纸炸弹纷扬而落。他们微笑碰杯：今年的初雪来得很早嘛。

张酒臣越来越不解，这真的是他的梦吗？

3

张酒臣不记得飞行的过程。他不知道这段旅程到底是朝前走还是往后退，抑或飞机从未起飞，他们哪里都没有去，依然还在圆圆沙等待冬至的到来。如果是这样，到底是谁在移动呢？

“哥，你真的会开飞机吗？我咋一点感觉都没有。”张酒臣摸着脑袋说道。

“你忘了我父亲是飞行员吗？虎父无犬子。”徐质夫说。

张酒臣记得他们踉跄着爬出机舱，满身都是灰土，就像经历了一次世界大战。太阳逐渐西沉，温和了他们的轮廓。徐质夫看了一眼身后的水上飞机，发现它不再拥有独特的色彩。它模糊不清，锈迹斑驳，苍老得不像一架飞机，似乎即将回归到自己原始的形态——各种金属元素。

“我们拿它怎么办？”张酒臣说。

“让它等在原处吧。”徐质夫道。

他们像所有的少年一样，一往直前，没有人掌握方向，亦没有人惦记归途。

此时甜河正值轻盈的夏秋交替之际。田野里的稻谷还未收割，在熏风中播散半熟的芳香。土壤湿汩汩的，零星探出几丛晚熟的野草莓。

“太阳都快下山了还那么热啊。”说着，张酒臣脱下外套，只剩一件套头毛衫。

“年轻人火气旺。”

“说得好像你很老一样。”

“我可比你大了一倍，还多几天咧。”

“哼。再过五十年，一百年，一千年，你比我大的那些年岁就能忽略不计啦。”

“那倒是，十几年确实不值一提。”

越往前走，草莓越盛，迷人的香气也愈发凶猛，兄弟俩无论如何也不能装作看不见了。

“想吃吗?”

“不知道有没有毒。”

“尝了才知道嘛。”徐质夫摘了几颗，掷进嘴里。又往张酒臣嘴里塞了一颗。

“真他妈甜!”

“要是不甜，怎么能叫甜河呢。”

他们又各自摘了些野草莓藏怀在兜里吃。四周是广阔的田野，看不见人家。天光渐暗，他们却闻到了一阵烟火气，顷刻就饥肠辘辘了。

“几个草莓根本不顶用。”

“饿了?”

“饿得厉害。”

他们继续走着，两排修剪整齐的冬青忽然闯入眼前，它们围成一条歪歪曲曲的小径，逼仄异常，刚好容许两个人同时通过。

“我闻到食物的味道了，有炸的，有蒸的，好香。”张酒臣像寻觅垃圾的老黄狗一样专业地嗅着空气。

“好像还有音乐声。”徐质夫说。

“去看看？”

“走。”

暮色越来越浓，喧哗越来越近。他们走完冬青，就像走完一个童话的开场。冬青的尽头冒出一个快乐的广场，几个穿着干净的中年男人坐成一排，演奏吉他、电子琴和架子鼓。各色各样的人们在一起唱歌跳舞，穿得很时髦。一些无心经营的小商贩靠着流动车，一边卖各式各样的糕点小吃，一边欣赏人群，但看起来欣赏人群更为重要。不唱歌不跳舞的人，就围在流动车周围，不停吃呀说呀，好像有一整张世界版图的话题。徐质夫和张酒臣像两个害羞的少女躲在一边，愣愣站着，手足无措，暂时无心念叨饥饿。

人群中，一对艳丽的双胞胎姐妹朝他们迎面扑来，利利索索地把他们拉进狂欢中。两人上下一打量，发现双胞胎姐妹骨骼清奇，品位独特，一个穿着流苏金夹克和粉色小纱裙，另一个穿着拖地喇叭裤和大红高跟鞋。

“这是什么歌，真好听！”音乐声很大，张酒臣只能扯着嗓子说话。

“*OB-LA-DI*，*OB-LA-DA*。”拖地喇叭裤说话时露出了紫色的牙齿和紫色的舌头，更像是在念咒语。她刚刚吃了几颗熟得发软的桑葚。

“啥？”

“你们不知道披头士吗?”

“披头士?”

“她们在说一个乐队。”徐质夫凑在张酒臣耳边说。

“你们是在庆祝什么节日?”张酒臣点点头，又接着问道。

“我们在运动。”流苏金夹克回答。

“啊? 我听不见。”张酒臣几乎喊了出来。

“我们在运动!”拖地喇叭裤重复道。说话间，她的双手已经环到了张酒臣的脖子上，脸上的风采让人神往。张酒臣小脸一红，别过头去，忽然瞥到流苏金夹克正捏着徐质夫的臀部，并狂热地亲吻着他的下巴。徐质夫似乎有些羞涩，但并没有可以挣脱的迹象。

“这运动真好。”张酒臣感叹道。

远处忽然传来一阵悦耳的钟声，太阳此时已完全钻入地平线，天空只剩残霞，就像姑娘们脸上没有抹匀的腮红。人群像共用着灵魂的鸟群一样同时安静下来，四散而去。小商贩们开始舔着手指数钞票，很快推着流动车没入黑暗中。乐手们最后离开，他们一边整理着乐谱，一边聊着晚饭的内容，脸上荡漾着狂欢过后的满足。张酒臣想要追上刚才一起跳舞的拖地喇叭裤，却不知道她的名字，只能拉着她的衣角喊着别走啊别走。拖地喇叭裤冷不丁翻了个白眼，好像不记得他似的转身走了。那种被当作流氓的失落感再次涌来。

“哎，姑娘们都一个样。”

“也不一定。”说着，徐质夫拿出一个小纸条。张酒臣一看，原来是一串电话号码。

“她给你的?”

徐质夫点点头。然后他把纸条递给了张酒臣。

“切，我才不要你的施舍。”

“真不要?”

“开玩笑!”张酒臣诡笑着抢过了小纸条，“她们是我的菜。”

太阳完全消失在广场尽头的冬青后头，方才的热闹景象换作了漫无尽头的漆黑和清冷。

“饿了吗?”徐质夫问。

“饿得像长久没吸上血的母蚊子。”

“就不能饿得高尚些么?”

“母蚊子的饥饿最高尚。每一次觅食都要冒着被一掌拍扁的危险。它们的食物可是食物链最顶端的智人。而公蚊子根本不吸血。”张酒臣对自己的比喻颇有些得意，但并不能消解一丝饥饿带来的慌乱。

走着走着，他们终于闻到了一股饭菜香味，不一会儿就寻了到了源头。他们看见一栋低矮的平房，屋顶彩灯闪烁。“别离电影院，”张酒臣一字一顿地念道，“奇怪的地方，奇怪的电影院。”

这时，一个中年女人慢步从电影院里走出来，幽暗的灯火打在她脸上，隐约透出淡淡的泪痕。她掏出一条手绢抹了抹，好像释怀了什么要紧的事情，又若无其事地转进附近的巷子里。徐质夫看出张酒臣有一丝迟疑，便问要不要进去，张酒臣点点头。

售票厅里昏惨惨的，小黑板上贴着几张大胆的电影海报，在夜色中张扬着鲜艳的色彩。张酒臣扫了一眼，没有一部看过的。售票厅里只有一个中年男人，他正端坐在一张小板凳上，扇着个煤油炉子煮东西吃。锅子深不见底，散发浓郁的食物香味，像是煮了一天一夜。

“里头肯定有肉。”张酒臣两眼发直。

“还有番茄，水灵灵的。”徐质夫补充道。

“猜对头，要不要一起吃。”中年男人说，脸上看不出什么表情。徐质夫不好意思起来，刚想推脱，却被张酒臣抢在了前头：“谢谢阿叔了，我俩一天都没吃上东西，这会儿正饿得慌。”

“我们可以付你钱。”徐质夫道。

中年男人没作回答，他从一个蛇皮袋里掏出两张折叠板凳，又拿出几只碗筷，递给他们。就像事先准备好的那样。

他们开怀地吃起来。

“这是什么，真好吃。”徐质夫问。

“这叫罗宋汤。”提到吃的，中年男人打开了话匣子，刚才的神秘的派头都不见了。

“做罗宋汤也没什么讲究。今天一大早，我就把牛腩肉、卷心菜、番茄、土豆、洋葱切好，煸好，分别装在饭盒里带过来。然后放一大锅水，一边卖票一边煮，两边都不耽误。煮到谁也分不分清谁的时候，搁一块黄油进去让它自己慢慢融到里头，就能关火啦。不过，这罗宋汤每家的做法都不一样……”

“今天电影院挺冷清啊。”徐质夫看他刹不住车，连忙换了个话题。

“大家喜好白天来。”中年男人说。

“刚才有位女士从这儿走出去，看起来挺伤心。不知道看的什么电影？”

“她是来这儿卖片子的。卖了片子，就拿不回去了，总有点伤感。”

“卖片？”

“片子已经被送到剪接室了，不做公映。我们会存放到档案室。她以后也不会记得有这回事。待会儿要不要看场电影？我给你们单独放。”

“这多不好意思啊。”

“难得晚上有观众，图个缘分。”

老杜的热情让人招架不住。张酒臣又从锅里盛了满满一碗，呼啦呼啦吃起来，边吃边说：“好啊，生产队里的《卖花姑娘》都放了三十七遍了，正好换换口味。”

“你真是来者不拒。”徐质夫打趣道。

穿过一条歪歪扭扭的走廊，他们来到放映厅的门口，他们听到一股股风不断灌进去，就连自己好像也是被吸进去的。没想到，老杜为他们放映的电影正是《七年之痒》。张酒臣忍不住说：“怪也怪了，真是想什么来什么。”

在张酒臣的记忆中，《七年之痒》只有短短的十几分钟，主人公之间没有台词，只有支离破碎的情节。他记得梦露是个初出茅庐的小明星，撩人不已，而男主人公则是个有点猥琐但很可笑的中年男人。主人公们最后有没有在一起，片子全然没交代，张酒臣只记得梦露并没有想象中的熟女气质，反而更像一个天真的小女孩，她不懂爱情或者把爱情看得很开，只知道吃零食和吹冷气。全身散发着青春和明媚。

“要是所有的电影都这样，电影院早晚要倒闭。”

“不喜欢?”

“不能说不喜欢，就是看不懂。对了，哥，你说他们是怎么把颜色放进电影里去的?”

“就和我给你的照片一个道理。”

“算了，你说了我也不懂。”

张酒臣记得在甜河时，他看了很多这样的电影，有国产的有外国的，有的有名字，有的没有名字，还有的似乎是剪接师乱剪一气的产物。虽然七零八碎，没有完整的情节，但观众看得津津有味。张酒臣也渐渐喜欢上“别离电影院”，至少在这里，他能看到彩色的画面，亲吻的男女，偶尔还有裸体的男女。在圆圆沙，只有《卖花姑娘》和样板戏。

看完电影，他们都累了。

“阿叔，不知道怎么称呼您?我们在你这里白吃白喝，又白看电影，总是说不过去的。给您钱您又不要，我们心里怪不安的。”

“叫我老杜就可以。你们俩一看就是外乡人，刚来不久吧?如果你们心里不安，明天一早去做工，算是帮帮我们镇子的忙，你们也好赚点贴己钱。”

“我们人生地不熟，去哪里做工呢?”徐质夫问道。

“这会儿旅店都打烊了，先回我家睡吧。明天的事情明天再说。”

“那谁来放电影?”

“电影院也打烊。”

4

老杜自说自话地把两个年轻人带回自己家中，把他们安排在一间收拾得干净整洁的客房，床铺虽小，但十分柔软，他们很快睡着了。第二天一早，两人被一个样貌极美的姑娘叫醒了。

“嗨，我爸爸让我来喊你们起床。”姑娘的声音像甜河的白日一样温顺，气息又像夏日的晨光一样热烈。不对，应该称之为炎热。自从姑娘进来以后，房间就越来越热，这会儿两个年轻人的被窝已经滚烫得冒起烟来，着了火一般。

徐质夫连忙把被子一扔，问道：“你是?”

“我叫杜桑，桑树的桑。昨天是我爸爸带你们回来的，他已经去上班了。你们快些穿衣服，待会儿我带你们去上工。”

“你不上学吗……杜……杜桑小姐。”徐质夫支支吾吾，终于憋出了一个别扭的称呼。

“暑假还没结束呢。”杜桑微微一笑说道。

两个年轻人方才意识到，甜河的温暖依然在延宕中不断蔓延。没有任何迹象表明，天气即将转凉。他们所盼望的冬至也不知何时到来。这天，杜桑打扮得格外清凉，她穿着一件短袖白衬衣，外面套了格子羊毛背心，下面穿了直筒牛仔裤，脚上随意蹬双玳瑁色塑料凉鞋。蓬松的头发落到肩上，微微卷曲，形成一些自由的弧度。也只有她这样才好看吧，别人要是这么穿，一定像个傻子，张酒臣心里这么想。路上，杜桑请他们吃了两碗葱油拌面，自己却在路边买了根冰棍啃起来。冰棍上裹了层薄薄的纸，一时没有完全撕下来，还紧紧地粘在冰上，杜桑就用嘴去撕，三两下就用牙齿和舌头撕掉了那层讨厌的包装。然后，她的眼中放出光来，一口一口啃咬着冰棍。由于气温不够，冰棍在她口中断裂的声音格外剧烈，有点像崩断了肋骨那样。

这贪凉的劲头让张酒臣想起了电影里的梦露，杜桑的眉眼确实和梦露有几分相似。但不知为何，杜桑给人的感觉比好莱坞明星更远，就像糊着一层雾。

“杜桑小姐，你不冷吗?”张酒臣问。

“怎么会冷呢。”说着，杜桑把冰棍递给张酒臣，问道：“你吃不吃?”

“不吃，我阿爹说过了秋天，傻子都不吃冰。”张酒臣嘴上坚决，眼睛却有点馋。

“还挺会保身价。不过，甜河的秋天一点都不冷啊。”杜桑接过冰棍，继续啃咬起来。

“是啊，这都十一月了，天气什么时候冷下来?”徐质夫问。

“说冷就冷。”杜桑说。

“不知道待会儿要做什么工?”徐质夫又问。

“很快就知道了。”杜桑保持着神秘。

“违反马克思主义的事情，我们万万不做。”徐质夫笑笑道。

很快，集市被甩在身后，四下已是不着边际的原野地带。

一种水果腐烂的味道弥散开来，他们忽然看到几只亚麻色的猕猴抱作一团，很是惊人地集体跌在路边。

“这是……什么情况?”张酒臣问。

“吃了发酵的葡萄呼呼大睡呢。今年收成好，热得天数多，葡萄都来不及收。再不摘的话，葡萄就都烂了。爸爸叫我们来帮帮忙，可能没有工钱。”

“葡萄!”张酒臣惊呼一声。

“钱不是事儿，只要能吃葡萄就成。”徐质夫讪笑着看了一眼张酒臣。

“是啊，能吃葡萄就成。”

“随便吃。”杜桑快乐地说道。

说话间，他们已走进浓郁的葡萄园中，四周植被林立，森森可爱。

“这下完了，咱们也变成插队落户的青年了。”张酒臣忽然说。

“我们可不是响应号召来的。”徐质夫说。

“也对，咱们心甘情愿，还有葡萄吃。”张酒臣说。

葡萄太诱人了。它们鼓胀成最好的形状，在正午的光照下，近似于透明的跳动的心，如异境中的梦幻。他们着了心魔，不停地摘，不停地吃。

“葡萄好吃吗?”徐质夫轻声问。

“好吃是好吃的。不过怎么有点桂花的味道?”张酒臣边吃边说。

“大概是和桂花嫁接的。”徐质夫说。

“理论上能实现么?”张酒臣问。

“不好说。”徐质夫道。

过了很久，他们才感知到葡萄架上密密麻麻的一层网——农户为了防止鸟儿偷食，布下了它们。在他们头顶上，细密的网缠着一具小小的鸟尸，虽然干得变了形状，但恐怖并未消减。他们兜着葡萄，快速从下方走过，就像逃离一个微型的贪食的地狱。

日落前，葡萄已经摘完，三人也累了。农户们一高兴，就拿了自家酿的葡萄酒招待他们喝。由于不好推脱，三人各喝了一碗。虽然口感淡薄，但后劲却相当足。他们的头越来越沉，最后终于找到一片树荫歇下来，他们悄悄把手牵在一起，很快睡着了。睡了一半，张酒臣忽然觉得尿急，便想起来解手。表哥和杜桑已经起身，正在一片芭蕉叶下小声说话。张酒臣不忍心打搅二人，又憋着尿装睡过去。大概因为装得太用心，最后已经察觉不到是不是梦了。往后的岁月中，张酒臣不断地梦回这片葡萄园，却再也无法体会当时的心境。在这个梦幻般的小镇上，所有往事都在发酵中散发微醺。

后面的几天里，天气依然好得让人不忍心做任何事，张酒臣度过了生命中最无忧无虑的时光。那时徐质夫忙着改善葡萄酒的口感。他不知从哪里搞来一本《万能酿酒》小手册，潜心研究起来。

“哥，我们什么时候回去?”

“想回家了?”

“倒也不是。”

“酒臣，你看这儿。”徐质夫指着小手册上的一段字念起来，“食用葡萄的口味更偏向蔬菜。通常糖分较少，产出的葡萄酒酒精含量只有8%到9%，酸度也不高。因此，用食用葡萄自酿葡萄酒时，必须添加额外的酸性或者糖分。”

“甜河的葡萄是食用葡萄，所以并不适合用来酿酒。”张酒臣说。

“对。”徐质夫道。

“什么是额外的酸性或者糖分？”张酒臣问。

“书上没说。”徐质夫咽了下口水继续说，“你在自家做酒酿的时候，可有什么秘诀？”

“其实也没有什么秘诀。”

“你再仔细想想？”

“发酵的时候，我都是抱着酒酿罐子睡的。”

“藏在被窝里？”

“嗯。”

“为什么要抱着睡呢？”

“酒酿发酵的时候怕冷，于是酒曲里的酵母就懒了呗。用人的体温去捂，才能出酒香。”

“哦，是这个道理！”

“酒酿和酿酒可差了十万八千里，不可生搬硬套。”

“我总觉得那葡萄酒喝起来，少了点人情味。你看这里。”

徐质夫指着书上的一处图画，里头画着几个青年男女，他们赤脚站在巨大的木桶中，手里举着火炬。

“这是在做什么，祭祀吗？”

“这才是真正的酿酒。书上说的额外的酸性和糖分，一定在人的身上。”

三个人又来到葡萄园。他们借来巨大的橡木桶，并从农户那里得到几箱滞销的葡萄。他们脱下外衣，露出带有褶皱的泳装，像游泳运动员那样飞身入桶。芳香的橡木桶中，葡萄皮、葡萄肉、葡萄籽被他们搅动得不分彼此。再后来，葡萄和人也索性分不清了。

回家的路上，他们山鬼一样游荡着，已然失去了所有人形。由于骇人非常，路上的小孩见了都要害怕地退后两步。天色渐晚，泛出奇异的紫光，他们感到些许凉意。他们忽然发现，杜桑不见了。

“杜桑小姐呢？”张酒臣问。

“走了。”徐质夫说。

“啥时候走的？”

“不留心的时候。”

“她总是神秘兮兮的，说来就来，说走就走。”

说话间，张酒臣发现表哥的脸上竟淌着两道泪，好似几近干涸的小溪流。

“哥，你哭了？”

“没事儿。”徐质夫抹了抹脸说，“不知道还能不能见到她。”

“杜桑吗？”

“嗯。”徐质夫低下头，眼神飘忽不定，像一朵逐渐化在水里的棉花糖。来这儿以后，他的眼神一直是这样。

“哥，你不再搞你的那些发明了？”

“外面的事情已经和我没干系了。”

“啥意思？”

“我想成为狄奥尼索斯。”

“外国人？”

“准确来说是外国的神。狄奥尼索斯是希腊神话中的酒神，他酷爱在山林游荡，动不动就醉卧荒原，陷入沉思和迷狂。”

“所以你才酿葡萄酒。”

“一开始我只是想体验一下醉卧荒原的感觉。后来彻底迷恋上了荒原。《呼啸山庄》里也有那样的荒原，那无止息吹刮着的风。”

“别说胡话了，这儿从来都没刮过风。圆圆沙到处都是等着你去开垦的荒原。”

“在心灵的魔域中，那种风永无止歇。”

“心灵的魔域？”张酒臣听不懂徐质夫在说什么。他忽然觉得自己很幸运，同时又很不不幸，“哥，你说这儿多好呀，我们不要回去了吧。”

“你还是要继续上学的。”

“上学有啥用。”

“你不要你的父母了？”

“回去他们就知道逼着我做酒酿，从不关心我的个人生活。”

“那你的李梦仙呢。”

“我要在这儿结婚！”

“和谁结婚？”

“我要和双胞胎姐妹结婚。”

“还结婚呢，你连电话都不敢打一个。”

张酒臣确实没有和双胞胎姐妹结婚，而是如愿以偿地见到了李梦仙乳房的形状。她的乳房不大，但弹性很好，让人想起海鲜汤里的面疙瘩。至于阴毛——是红棕色的，还带着卷曲。几年后，他们如愿有了一个女儿，张酒臣发现她前额的胎发也带着明显的红棕色，他不清楚这种隐匿的基因源自何处，兴许李梦仙的祖先曾经跋山涉水，横跨数个大洲，方才融入大河文明之中，虽然他们的人种特点已经在世世代代的交融之中慢慢隐蔽，但依然以一种十分神秘的方式反应在他们的后代身上。他称这些红棕色的阴毛为“神秘的证据”，一种关于存在的证据。

5

在张酒臣的回忆里，天气暖和的时候，甜河的人们一有什么高兴事就要大肆庆祝。找不到特别的理由时，他们就直白地庆祝日落。那天，张酒臣最后一次经历了甜河的欢乐，就像最后一次体会夏日的盛大。

人们显然不是在庆祝日落，天蒙蒙亮的时候，就已人声鼎沸。张酒臣和徐质夫发现，老杜家附近忽然冒出一个偌大的棚子，一辆卡车横在前面，挡住了所有前进和后退的道路。车上装着十几号人，组成一个完整的小乐队。乐手们穿得隆重耀眼，像是要参加新年晚会；商贩们的流动车奇迹般地推进楼道里，邻居们穿着睡衣纷纷拥入人群，好像并不赶着去上班。人群中，张酒臣又见到了那对双胞胎姐妹，他还不知道她们的名字。这次她们穿着一样的红色运动服套装，一个系着黄色丝巾，一个系着蓝色丝巾。

“嗨，又见面了。能告诉我你们叫什么吗?”张酒臣问。

“我们没有名字。”黄色丝巾说。

“逗我的吧，怎么可能没有名字?”张酒臣说。

“这里大部分人都没有名字。”黄丝巾道。

这时徐质夫打了声招呼就顺着拥挤的人潮溜走了。

“你们在庆祝什么，不会又是在运动吧?”张酒臣孤零零地问。

“庆祝有人酿出了甜河最好喝的葡萄酒。”蓝色丝巾回答。

“你们喝过吗?”张酒臣又问。

“没有，没有人喝过。”蓝丝巾暧昧着笑道。

“那你们知道是谁酿的吗?”张酒臣问。

“他呀。”蓝丝巾指向卡车身上的一张广告画，上面模糊地勾勒着一个男人的轮廓。

“那人是不是叫徐质夫?”张酒臣心里一喜。

“徐质夫是谁?”蓝丝巾问。

“那画上的难道不是我表哥徐质夫?”张酒臣反问。

“莫名其妙。”说完，蓝丝巾又举起酒杯，和黄丝巾一同消失在人群中。后来张酒臣才明白，那些庆祝的人群并不关心葡萄酒到底好不好喝，也不关心是谁酿造了葡萄酒。他们只关心别人的舞步，还有自己的舞步。

几周之后，天气说冷就冷。很多人离开，很多人失踪，甜河的居民在短时间内消失了一半，没有人知道为什么。入夜以后，但凡有灯火的地方，就有无名的悲恸。后来，这种悲恸像传染病似的一样蔓延开来。为了消除恐惧，人们不断把回忆卖给“别离电影院”。虽说是卖，但形式上更像存放。因为人们必须在档案室掏钱买一个存放的位置，就像掏钱为自己买一个墓地。

老杜也病了，失了魂魄一样卧床不起。病中，他说他看到了一架飞机，但只要一靠近，飞机就不见了。杜桑说，老杜原本是一个飞行员，但忽然有一天，他把所有开飞机的事情都忘了，没有任何征兆。

为了维持电影院的正常营业，兄弟俩学起了放电影。由于业务上不熟悉，起先他们只在夜场招待一些客人。每天吃过晚饭以后，他们就带着杜桑奔向电影院，就像奔向另一个故乡。

没有客人的时候，杜桑喜欢看侦探小说打发时间。她突然说起一件事：“你们知道飞机的事吗？”

“什么事？”徐质夫问。

“收谷子的时候，有人在一片荒落落的野地里见到一架飞机，后来就起雾了，雾大得迷了眼睛，那人就慌慌张张地跑了。后来那人回忆说，他跑的时候，地里飞快地结着霜，那霜就像长了眼睛似的，从他的脚脖子一路缠到眉毛上。天一下就凉了起来。”

张酒臣和徐质夫各怀心事地互看了一眼。

“你是怎么想的？”徐质夫问。

“连我爸爸也说见过飞机，最近镇子上的怪事应该和那驾飞机有关。”杜桑说。

“你不是最爱侦探小说了吗，要不破个案？”徐质夫说。

“侦探小说的精髓不在于破案的过程。”杜桑说。

“那在于啥？”张酒臣问。

“让读者沉浸在一种疏离而激情的恐怖氛围里。”说话间，杜桑衣物上的小纤维忽然萌动起来，纷纷涌入空气中，闪烁奇异的光。

她又说起一件事。

“前阵子电影院里来了个卖片的人，是我们学校教物理的楚老师。楚老师爱好天文学，他不好好教书，整天就知道搞些奇奇怪怪的理论，学校方面也拿他没办法。他来卖片的时候，爸爸告诫他，卖完就不能要回去了。没想到楚老师一点儿也不扭捏，干干脆脆地把带子交到爸爸手里就走了。但是卖完片子的第二天，他就死了，完全失去了色彩。”

“什么叫失去了色彩？”徐质夫问。

“就像黑白照片。家人看了，觉得很晦气，很快就埋了。”杜桑说。

“要不，我们去看看楚老师的片子？”徐质夫提议。

“万万不可。”杜桑说。

“反正你爸也不在。”徐质夫道。

“那……也行，但看完就得物归原处。”杜桑勉强答应。

张酒臣记得，楚老师的片子里只有一片浊色的海。还有一个人在轻声说话。

“是楚老师在说话。爸爸说，卖片的人卖的都是自己的记忆。我们看到的就是他们所看到。”杜桑说。

“看来楚老师挺孤独，一个人对着海自言自语。”张酒臣操纵着放映机说道。

“嘘，仔细听。”徐质夫说。

海边的岩石自发组成堤坝，海浪不断涌向这里，时而轻柔，时而剧烈。剧烈的时候，楚老师的声音就被淹没了，轻得几乎听不见。“我们可以把大爆炸之前的宇宙想象成一个抽象的空间，一个能量空间。我们可以把这些拍打岩石的海浪想象成宇宙的波函数，它们试图穿越这片地形结构。如果这些岩石是能量场，岩石上的每个凹处就代表这片地形上的一个能量低谷。当海浪经过时，它们落入不同的凹处，从而停止前进。每一个凹处都是新宇宙的诞生地。我们的宇宙就是其中一个波浪……”

画面中，波浪忽然剧烈起来，它们不断拍岸，发出巨兽磨牙般的声响。在惊涛骇浪里，张酒臣渐渐失去了意识。恍惚中，他仿佛看到放映机在自动播放《七年之痒》。他还看见了杜桑，她正在亲吻熟睡的徐质夫。她穿着梦露的衣服。

“杜桑小姐?”

“嘘，不要吵醒质夫哥哥。”

说着，杜桑投入电影中，和梦露融为了一体。她消失了，就像水滴落在滚烫的石头上。

徐质夫醒了过来。

“杜桑呢?”徐质夫问。

“她变成了梦露。”张酒臣眼中泛着泪花，激动地说，“你就是楚老师，你是所有人!”

“至少，我不是你。”徐质夫的声音逐渐淡去。

“别离电影院”开始越变越小，电影院变成机舱，机舱又变回谷仓。唯一不同的是，徐质夫不在了。回到圆圆沙后，张酒臣听说自己持续高烧不退，说了一个月的梦话。他还听说，徐质夫在圆圆沙做尽坏事之后，被一只远方来的船接走了。张酒臣当然知道，做了坏事的人并不是表哥。

后来，张酒臣在一间狭长、穿风的书屋里偶尔发现了失踪已久的《呼啸山庄》，久久不能平静。沉默的夜晚活了过来，他听见空间的爆裂，他看见地面的增长，他甚至闻到城市上空席卷而来的鸟群的气息。曾经熟悉的街貌正变换着模样，现实和梦境模糊了边界，慢慢糅到一处。他从未奢望能对生活有这样的体味，他感谢徐质夫，同时也有所埋怨，为什么一切发生在他彻底老去之时?

无声无竹

我的童年起源于一片潮湿、松软的竹林。它与我家因一湾浑浊的小河相隔开，虽然极近，但感觉上却极悠远。竹林的夜晚常有不知名的鸟儿停留在最高的枝头，彻夜鸣啼。我至今仍然记得一到晚上它就“咕咕”叫着，那种声音明显有别于村里其他鸟儿，带着异乡的苍凉，直直戳进心窝。我从未看清它的样子，幽暗的剪影中只见一双细长的腿。爷爷猜它是从西伯利亚来的，要去更遥远的南方过冬，可能中途掉队了，迷失在这片竹林。对我而言，西伯利亚意味着世上最冷的地方。

我家住在村子的边缘地带，向外走已没有人家，再往远处流淌着更大的河流。我很早便感触到村庄的落魄和腌臜，人们喜欢把一切都倒进河里，小生灵相继死了，只剩龙虾在里头苟活。我不喜欢村子里的鸡叫，不喜欢遍地的鸭群和粪便，更不喜欢一日三餐，上学下学。凡是日常的，我都反对。凡是未知的，我就去探索。我尤其喜欢过了石桥去竹林，那边是另一个世界。

早春时，我常和爷爷去挖笋。虽然春笋没什么营养，但确是不可多得的美味，尤其与家乡的一种叫作“腌鸡”的咸菜交融在一起时，最为珍贵。嘴馋的时候，我总是点名要吃腌鸡闷笋。直到现在回味起那种鲜极，膝盖骨里总还是酥麻麻的。

下雨天，竹林更添一分神秘，就连过路的小蛤蟆都要多长出几条腿。我能听到竹笋萌发的“嘶嘶”声。雨后，干脆的“嘶嘶”会变成润泽的“啵啵”，若此时摘得，春笋常裹挟一层清新的土，能将春笋的活力保存至下锅之时。每当我和大人说起这种声响，他们都会露出鄙夷的表情：你怎么可能听得到？他们不相信我能听到他们听不到的声音。我听不到春笋的萌发，就像听不到育冬衣里的饥饿，也听不到骨骼的发育，更听不到阳光燃烧尘埃时的战栗。

但有一件往事让我明白，我不是独独一人。那时我正和表姐挑花棒。我玩得熟练，很久才败。轮到她时，只剩寥寥几根。她紧紧捏着花棒，努力思考形势。忽然她捏断了花棒，咔嚓一声，她的泪珠毫无征兆地一颗一颗滚下来。

“怎么了？”我问。

“太奶奶来了。”表姐回答。

我转身一看，并没有人。“她什么时候来的？”我又问。

表姐的神情倏忽一变，好像又看见了什么。她叫我陪她下楼。她牵着我的手是凉的，凉得不像夏日里的手。靠近太奶奶的房间时，我们听见有人小声啜泣，我们看见一双干枯的脚，又看见小奶奶正在帮太奶奶穿衣服。

“那是事先备好的寿衣。”表姐说。

“寿衣？”

“太奶奶死了，就在刚才。”

说完，表姐脸上的泪痕就干了。我听见她的发梢像花火一样团团炸裂开。她的头发实在太长了，长得糊住了迷人的胸脯……没想到长大以后，表姐完全忘了这回事。她不承认太奶奶死后来见过我们，也不承认自己的发梢曾轰轰烈烈地炸开过。从此我便知道，大人们常常会忘记一些重要的事。或者他们喜欢装作忘记了。

在我认识的大人中，只有爷爷了解点内情。每当我说“啵啵来了”，爷爷便揪起小铲，挎上小篮，带我去挖笋。春日已尽，无笋可挖时，我又跟着爷爷来到竹林。他说要砍一棵竹子，做一把弓。就在手起刀落之间，我听到竹节深处的声音。窸窸窣窣，像是有人在轻声说话。这时，巨大的月亮从竹林后头撞出来，只差一点点就要磕破我的头。我看见一只青碧虎穿过竹林，很快浮入小河。

“爷爷，好像有人。”

爷爷放下锋利的刀，轻声说：“他们”来了。

说话间，他带着我快步离开竹林。我的心跳得扑通响，只好捂着胸口不让“他们”听见。爷爷大概觉得瞒不住，就对我说起竹林的秘密。原来这片竹林里住着许多灵物，当人们看不见的时候，它们才出来活动。其中有一位竹节公主最像人形。传说万物丰润之际，她会顶开最坚韧的那棵竹子，从爆裂的竹节里出生，汲取春天的润泽之气。她诞生的光明会照亮整个竹林，所有的灵物都向往她带来的温暖。如果能亲眼见到竹节公主，就能许下一个愿望，任凭什么都能实现。

“那我们为什么不去见一见竹节公主?”我问。

“见不到。当我们背过身去的时候，它们才开始走动。否则就是静物。”爷爷说。

一早，爷爷已经把做好的竹弓放在我的枕边。竹弓散发着青涩的味道，分明是新做好的。爷爷是什么时候去砍了竹子呢？我一定要问一问。吃过早饭之后，我急着出去玩竹弓，彻底忘记了这件事。竹弓被锋利的刀削得很光滑，它的形状优美，就像天生如此。我捡了许多枯树枝作箭，将它们一支一支射入河中。我想象自己是一名战士，孤身面对着无数看不见的敌人。小河并没有因这些多出来的枯树枝而变得更浑浊，它们悄无声息地沉进深不见底的水中，不知所踪。一切都被黑暗所掩盖。

竹林里的灵物会看到我吗？当我听说这些仙人后，兴奋得数夜难眠，每次去竹林都格外上心，只要听到古怪的动静，我就背过身去，想象有一行小人路过这里，对着我的身影指指笑笑。

夏天的夜晚，竹林里少了挖笋的人，分外宁静。村里的人喜欢聚集在村委会的小广场上看露天电影。在那里，他们有时会说起一个疯女人，我听入了迷，心思完全不在电影上。

“疯女人什么样?”

“疯女人有一张血红的嘴，见了小孩就要吃。”

“疯女人为什么要吃小孩?”

“疯女人坏，专吃漂亮的小孩子。”

有人看着我，讪讪地笑。我哼了一声，完全不信这些说法。我见过他们说的疯女人。她从不与人说话，只顾自己走。不管什么天气，都穿着一身碎花连衣裙。时间长了，已看不出颜色。不知道她为什么流浪，又靠什么过活。她的眼神总是定定的，在寻觅着谁一样。等她找到了，说不定就不疯了。我心里如是希望着。

电影散场后，人们并不各自回家，他们还想聊聊天。我家天井里就坐着好些乘凉的客人。爷爷不常加入话题，他喜欢摇着芭蕉扇，帮我赶蚊子。吃过西瓜以后，我睡在大方桌上，一边听山海，一边数星星。那时天上还有银河，星子满满的，落到村子头上，将将不能淹没我们。困倦时，有人说起天上星宿的故事。他说一颗星星不小心走离轨道，变成一颗无用石，孤零零的，不能旋转也不能发光，只能在漫无目的的宇宙中流浪。我记得那人的声音又年轻又好听，不像是我认识的人。听着听着睡着了，醒来四下无人，眼前剩下一片天。星子满满的，已经淹没了我。我忘记了大方桌，只觉天旋地转，好像泡在银河里，一翻身就要从万丈星空跌落下去。

不知怎么的，恍恍惚惚中我起了身，径直来到小河边。不同的是，那晚的小河出奇清澈，印出细碎如屑的星子。不知道那些垃圾去了哪里，抑或它们还没有被掷入河流？微暗中，我看到一个少年，他正在棕榈树下埋葬一只鸟。他身影模糊，看得出些许悲伤。

“它死了吗?”我问。

少年点点头。我们没有说话，我帮他一起掘土，一起为死鸟落葬。那是我第一次摸到死去的东西，像冰一样硬邦邦的，让人想不起它曾是水的模样。

当我回到屋子里，家人还在酣睡，他们永远不会知道我彻夜未归的事，等到天亮时他们最多会数落我没有洗干净的指甲缝。时光里的秘密和死鸟一样被埋葬起来，无人知晓。从那以后，我再也没有听到过“咕咕”的声音。后来我问爷爷，你知道竹林里的鸟儿去哪儿了吗？爷爷说，它回西伯利亚了。现在想来，那位少年的呼吸中似乎带着寒冷的芬芳。

晒谷子的季节里，人们异常忙碌，小河里的龙虾也躲了起来，竹林就更萧索了。许久不见疯女人，我担心天气冷了，她有没有御寒的衣物。于是我偷了妈妈的旧棉袄，藏在她经常出没的谷堆周围。几天之后，棉袄果真不见了，我才放下心来。

待到贴秋膘的时，我依然想念春天的腌鸡闷笋，无奈已经过了季，只能用冬笋代替。冬笋常带着苦味，我吃不来这种味道，嚼两下就吐出来。爷爷笑着说我嘴刁，自己却也不吃。我们心底知道，那种物候已经逝去，无论如何假装，都替代不了。

吃上新大米的时候，我的爸爸妈妈经常为了琐事争吵，肉馅要剁到几成碎，包小馄饨要用青菜还是荠菜……爷爷叫我不要担心，他说收成好的时候，人们就会产生分歧，徒增很多烦恼。但村头村尾都是他们的吵闹声，我没法儿装作听不见。我不明白他们为什么非要弄得人尽皆知，我觉得羞耻，心也跟着碎了。我不知道怎么办，只好让爷爷带我去找竹节公主，让我的爸爸妈妈不要分开。那天，爷爷对我坦白了一件事，他说竹节公主迷路了。

原来竹林里的灵物之间没有互通的语言，他们不能交流，也不能给竹节公主带来她想要的快乐。日子久了，竹节公主很想变成一个真正的人。其实，灵物们虽然不能说话，但他们天生就能体悟彼此的心灵。商量之下，他们就把竹节公主送到了人类的世界。他们怀着最好的心愿，祝福竹节公主，同时他们也怀着最好的心愿，永远等着竹节公主回来。很多年过去，竹节公主想回家了，但竹林已经不在原来的地方。她只能继续做一个人。虽然竹节公主和灵物们一直在寻找着彼此，等待着彼此，但他们依然永远分隔了。

我一时听不懂这个故事，我觉得爷爷也和我一样，变得心事重重，有了许多不能直接说的话。还没等到冬天，我的爸爸妈妈就分开了，我得跟着妈妈走。离开之前，爷爷说老人们常常熬不过冬天，有一天他也会死。但只要我还想着他，他就不会完全消失在世界上。

我跟着妈妈搬到了很远的镇子，后来又住到巨大的城市。她在那个光怪陆离的城市里遇到了另一个男人，又生了一个孩子，我为她感到高兴。但他们的幸福让我看起来更像是一场排练中的意外。这些年里，我悄无声息地长大，很少有机会再回到村子里，与爷爷的联系也逐渐少了，有时几个月才打一个电话。但爷爷从来没有埋怨我，他会给我寄一罐罐封得好好的腌鸡。拧开罐子的时候，“噗”的一声，总觉得一个灵魂溜走了。

再次见到爷爷，是在他的葬礼。不可思议的是，他变得很小很小。我和妈妈说，这不是爷爷。她让我不要乱说。在我们村子里，老人过了八十，走了，并不是多么悲伤的事情。哭得最为撼动天地的是哭婆，哭累了，她就擦一把脸喝一口水，继续哭。一些亲友夸赞这钱花得值，他们一边搓麻将一边嗑瓜子。

我一时半会儿哭不出来，又回到竹林。这里还是和多年前一样，没有变老，但却和爷爷一样变小了。忽然，我看见有什么东西在闪闪发光——竹节公主？心里的念头一闪而过，怀着一丝希望我走了过去，但很快又嗤笑起自己的天真，原来是一个男人在抽烟。冬日里的火星一蹦一蹦，变成了发光的样子。男人看了看我，说我长大了，然后把我推入了更暗的暗处。我记起他是某个远亲的孩子，如今已是成人的模样。

天气很冷，但下体流出的血很长很温热，我怀疑它们要一直流到河里去。他慢慢穿上裤子，好像什么都没发生。他又点燃了一根烟，我伸手去抢过他的打火机，我摸到了火。我想放火烧了整个林子，但那男人轻轻一推，就把我推回黑暗里。

男人很快走了。我什么也不敢看，但声音大得吓人，好像有什么东西在坍塌。我奔跑着冲出林子，我想起了那些梦中挪不开脚步的困境。我听到身后的竹林在消亡，竹叶快速地萎缩，气温越来越低，所有的水分都凝结成了冰。我听到一声巨响，地面裂开一道缝，竹林就这么沉了下去。它被吞噬了，裂缝中传来饱嗝声。我最后是被这股气轰出去的。

我假装什么都没发生，又回到席中。时间好像只过去了几分钟，一切都还在昨日，我想起我还没有问爷爷他什么时候做好了竹弓。

爸爸与我多年未见。他看我一身狼狈，便问我是否在那里过得不好，我摇摇头。后来他鬼使神差地给我端来一盆腌鸡闷笋，我才抬头仔细看了看他。他和我曾经熟悉的那个爸爸已是截然不同的人。这一定是冬笋，我说。爸爸点点头。这时我才放心地哭出来，葬礼也终于有了点葬礼的样子。亲友们纷纷拥上来安慰我，他们不知道我什么也听不到了。即使我能从他们的表情、嘴型分辨他们在说些什么，我也听不到了。

听不到声音之后，生活难以维系。我花了好久才顺应无声的世界。许多年过去了，我听说妈妈有时想我，爸爸也将要死去，但我已不再需要他们。妈妈曾经多次写邮件说想见一见我，但我不知如何回复，我大概已经忘记如何做一个女儿。只有爷爷还经常出现在我梦里。梦里他的身体好了，依然住在老房子里头，但我却长久忘记给他打电话。我旁观着自己，沉溺在懊悔之中，而作为梦者的我，似乎已经觉察到这是一个梦。又过去了许多年，我独自搬到郊外居住。一个人住久了，我又开始听得到。但那是另外一种声音，一种被生活淹没的宇宙的声音。它们像最轻的浪，极其细小，难以被察觉，但依然不断地拍岸，不断地融于海。在无声的世界里，我反而听得到。

有一天我听到爷爷回来了，虽然没有任何现实的征兆，那样微弱，那样不动声色，但一定是爷爷回来了。他变得瘦小，但精神依旧很好。他没有嘲笑我已经变老，无论我如何老，他都比我更老。

那天晚上，我寻着爷爷的声音回到竹林。我看到了所有的灵物。他们就和寻常的小动物一样，有狐狸的形状，有猫的形状，有鹿的形状，还有一些我没见过的形状。他们喝水，他们游戏，他们跳跃，他们练习闪烁。每当我的脚步靠近，他们就慌慌张张地，一个，一个熄灭。

圆石头激起方形涟漪

1997 年 10 月 15 日，卡西尼—惠更斯号土星探测器发射升空，七年后顺利进入环绕土星的轨道。二十年后，卡西尼号即将坠入土星大气层完成终极使命——游羽正在等待一个长久的红灯，她下意识地刷起微博，偶然知晓此事，心中难过。

游羽时常想不起自己到底几岁，或是想起又忘记。夏天结束时，她被割去了一部分子宫，失去了大部分生育的可能。处于婚姻状态时，她常服用抗抑郁的药物，没有留下子女。现在她回归单身，生育的意义也和卡西尼号一样暌离。

红灯终于过去，她摇下车窗，让风吹进来，稀释车内缤纷的恍惚。忽然，一个充足的转向，轮胎传来尖锐的“呱呱”声。她想起附近似乎有一家汽修店。凭借记忆，十分钟后顺利抵达“太空人汽车服务有限公司”。

“太空人”生意冷清，只有一个肥胖的年轻女人正在等候洗车，她一手怀抱婴儿，一手玩着手机。老板是个寻常的中年男人，他在店里养了一只德牧，看起来不知是倦了还是老了，埋头睡在一边，像极了一件旧玩具。

车子开始接受全面检查。游羽想起盘桓在妇科医院的那段苦闷，她远离了可亲的人，独自面对一件性命攸关的事，寂寞透了。修理工告诉她，刹车片坏了，换一下就好，车子还能健康地跑下去。她心头一舒。

玩到兴奋之处，年轻女人随手将婴儿摔到一张破旧的沙发上，阳光肆意从大片玻璃侵入，婴儿或许是热了，伸出小手渴望母亲，母亲却将它们按回原处。婴儿没有哭泣，他不解地望向游羽，似乎发现了她的观察。

游羽有点难过，她走出汽修店，点燃一根薄荷烟。这时，旧玩具般的德牧忽然立起身子，晃晃悠悠跟着来到外面。游羽对它笑了笑，继续抽烟。德牧在附近找到一块掉渣的白色石头，独自玩起来。游羽漫不经心地观赏着德牧，只见它用爪子抵着石头，轻易在地面上画出一个完整的圆。游羽凝视着德牧，而它没有给予回应。德牧把自己围起来，宣告孤独。

游羽眼底滚烫，她不清楚自己为什么哭，即使独自被切割，她也没有哭。石头兀自回旋成宇宙，孕育着游羽的困惑。

抽完薄荷烟，口中苦涩。她在汽修店附近找到一家小超市，买了根雪糕吃起来。吃完雪糕，不适消解开，车子也修理完毕。

大概是疲惫的刹车片被更换的缘故，车子变得轻盈而灵动，散发着活力。初秋的日落迎面扑来，伴随着电台里熟悉的音乐，游羽仿佛回到畅快的过去。这样绚丽的日子，年轻的人儿围在广场中央的喷泉旁跳迪斯科，音乐光怪陆离。而她匆匆路过，去小卖部买一根一块五的朱古力雪糕。夏天过去了，雪糕不易化，可以慢慢琢磨味道。先把两边咬出两道渠，再从头开始啃。到最后，雪糕化开了，莹润着牙齿雕琢出的形状，每一次都不同。一整季下来，牙齿饱含迪斯科的律动以及冰的锋利，一开学就浮起来，松动，牵上棉线狠心一勒，拔掉。

生病以后，游羽就辞职了，从前的朋友不再联系。没有其他原因，游羽觉得她的苦楚搁在哪儿都不合适，只得藏一藏。而今天她特别想找人聊聊，她想起一个中学时代从网络上认识的朋友。游羽和 K 没有见过面，想念对方的时候他们用 MSN 聊天。他们喜欢说些空洞的话题，就算只发图片，也能心领神会地聊上几天。成年以后，MSN 逐渐退出历史舞台，他们没有建立新的社交网络。偶尔，他们会写一封邮件给对方，说一说近况。游羽认为这段关系的特别之处在于，他们彼此远离，没有交集，但友情常在，真是平凡生活的奇迹。

说来，游羽对 K 知之甚少。在有限的线索里，她知道他可能老了。三十多年前，K 接受极地训练时顺便学习了中文，师从他的华裔女友。分手后他在阿尔汉格尔斯克娶了一个俄罗斯女人，之后便来到北极。他们没有离婚，却各自有了新的生活。他说他在北极的一座孤岛当气象员，孤岛的名字叫做 Khodovarikha。从最近的城市到达那里，只有一种办法——坐一个小时的直升飞机。作为北极唯一的气象员，他很孤独，但算不上寂寞。他在北极前哨站测量冰雪和气温，观察气象变化。每到夏季，他喜欢乘坐自己制作的小木舟，荡漾在无言的巴伦支海。偶尔会等来一年一会的补给船。Khodovarikha 拥有独立电台，K 依靠这个电台跟其他的气象站保持联系，数据最后会被传送到莫斯科，来到全世界。快乐时，K 会在电台里播放他的黑胶唱片，The Velvet Underground 或者 Mazzy Star。只要还能接收到这些音乐，气象界就知道 K 依然过得不错。如果电视里出现北冰洋的最新气温信息，游羽就会想起 K。虽然她曾一度怀疑这些都是K的杜撰。

她没有见过K的样子，每一次的视频请求都被拒绝。她问K，难道你不想知道我长什么样吗？K回答不重要。可我想知道你长什么样，游羽坚决地说。无奈之下，K发送了一张照片。照片是黑白的，有些年代了。照片中，一个穿着背带裤的年轻男人坐在一栋摇摇欲坠的小屋前，看起来莫辨种族。不可思议的是，他的背后站着一只北极熊，亲热地环着他的脖子，就像一对感情深厚的老夫妻。她有些生气，她觉得K不该用合成的照片欺骗他。他说，我早就料到你的反应，所以才不能把所有的事情都告诉你。生活陷入困境后，游羽有意远离身边的人，其中也包括K。如今他们多年没有联络，游羽担心已失去了他。

K，你知道卡西尼号吗？

邮件发送出去，那个熟悉的地址，很久未被填入收件栏。

没想到她很快收到回复。

羽，稍后卡西尼号就将奔赴二十年的约会，一起见证吧。

K，你还好吗？

K没有回答。

游羽有些自责，原来K还在，但又好像消失了。

为了尽可能保护土卫六和土卫二，卡西尼号带着星球的目的，拍下最后的土星照片，遁入命运，最终化作土星的一部分。游羽在网上观看了直播，这一次NASA没有欢呼，只有克制的相互祝贺。卡西尼号期盼了二十年的约会，竟是一场赴死。游羽合上电脑，心中微颤。她期盼约会，哪怕是一场赴死。但她怀疑在这个星球上，她已不被人需要。入梦时，那块石头再次敲击她的心脏。她回到很远的地方。

1997年。那年香港回归，游羽因为贪睡而错过了电视直播，她听说旗帜交接的时候英国人哭了，后来她又听说那是假的；那年《哈利·波特》系列的第一部正式在英国出版，几年后游羽成了J·K·罗琳的忠实粉丝。不久前她独自去英国旅行，赶上了霍格沃茨返校日。那年游羽喜吃学校小卖部里的无花果干，咸的部分使她无拘无束，甜的部分使她放浪形骸，后来她才知道价格亲民的无花果干其实是萝卜丝做的；那年游羽喜欢看日本动漫，有线电视台里正播《灌篮高手》，大家迷恋樱木花道和流川枫，而她一心只爱藤真健司；那年游羽的父母感情破裂，各自有了情人，五年后他们正式离婚。

1997年还有一些故事。海边的小镇迎来纯透的秋日，云朵像绵延不尽的温柔。常玉举家搬到这里，成了游羽外婆的邻居。他们花光勇气在偏僻的小镇开起第一家大型超市，开业当天热闹非凡，常玉的父母双双登上廉价的热气球招揽顾客。不幸的是，新招的店员并没有牵住缆绳，他们就这样消失在天空中。一周后，附近的农民在玉米地里发现了坠落的热气球，却不见父亲和母亲。

后来常玉将店面随意盘给了别人，拿着卖超市的钱过日子。大家喜欢议论他，但毫无头绪。后来大家不再议论他，因为他们发现，常玉的生活无从谈起。他常攀上屋顶，用捕捉蝴蝶的网在天空中划来划去，游羽看得入迷。

“你在做什么?”她垂下眼睛问。

“捉云。”他说。

“捉到了吗?”

“快了。”

虽然他们差了几岁，但彼此没有嫌隙。他们曾经为一只垂死的麻雀进行临终关怀，并在一片即将动土建造商业区的地基上埋葬了它。他们曾盗一只杉木渔船，摇曳到内河的中心地带，一起目睹暴风雨形成的奇幻时刻。他们还曾见证成箱成箱的进口香蕉被工人们搬入一个深不可测的地下室，常玉认为这印证了岛屿人民对甜蜜生活的无限追求。

“这么多香蕉，全镇的人也吃不完。”

“也许这是一个奇妙的入口。”

“奇妙的入口?”

“通向地下王国。说不定那里夜夜都开 Party，消耗成吨成吨的甜品。对了，小羽也爱吃甜食。”说完，常玉去街角为游羽买了一支朱古力雪糕。

他们互相笑着，跑了好远，直到所有的路灯都亮了。游羽知道那里只是个废弃的防空洞而已，不知何时被附近的甜品店当作了地下仓库。当他们回到这里，街道已空，而工人们依然在成箱成箱地往深处搬运香蕉。地下俨然一个无限的空间。惶然中，她仿佛听到了狂欢的喧嚣。她凝视着常玉的脸庞，在微微失焦的光源里，他的轮廓模糊，失去了边界，渐渐融进旧日的时光。

开学了，秋日渐深，桂花落满一地，小镇飘逸着当季的芳香。到了周末，游羽就借口去外婆家，她带着母亲做的桂花糕，让他尝一尝。他看到透明的糕体里，真真切切锁住了的花朵。像琥珀一样鲜活而脆弱的时刻。

常玉没有电话，想见他的时候必须直接到他家里去，说来也怪，虽然他看来无所事事，但总有一半的时间不在家。为了解决不便，思索几番之后游羽灵光闪现，实行了一个天才之举：她在外婆的五斗橱里找到一团很粗的混纺毛线，她把它系在阳台栏杆上，然后把线团放长。穿过两个篱笆，一个菜地，一棵橘树，游羽攒着线团抵达常玉的家。不过试了几次，她都无法把线团掷上去。

"还是我来吧。"常玉听见动静，不紧不慢地从屋里出来。他拿起线团，像抚摸哺乳动物的幼崽一样抚摸着它，接着直接将它掷到了楼上。毛线紧紧拴住栏杆，就像得了心智。年少的游羽没有感到任何奇异，她在线的两端牵上铃铛，每次找他，只要摇一摇就可以了。那天常玉笑得很开心，告别时亲吻了游羽的额头。游羽的甜蜜，带着岛屿的清新和神秘。

"他们说你的爸爸妈妈坐上了热气球，然后消失了。"

"是的。"

"你不难过吗?"

"不。只是一次旅行，不是真的消失。出门旅行的人，还是会回家的。"

"他们什么时候回来?"

常玉沉默片刻，说道："是我在旅行。"

游羽似懂非懂，但她听出了一丝悲伤。冬天外婆突发脑溢血不幸去世，按照身前就立好的遗嘱，房子留给了舅舅，游羽再也没机会使用铃铛。虽然心中留有遗憾，但在童年不易察觉。数年里，她一直住在十几公里之外的公寓中，淡忘了常玉。后来她上了中学，常玉又突然出现在她的生活里。

“这些年你都上哪儿去了？”游羽把常玉忘记，又轻易地记起。

常玉咧嘴一笑，说道：“我在等你把我想起来啊。”

他们自然地谈起了恋爱，满月之夜，他们坐最后一班船来到猫舌岛，漫步在海边的礁石上，常玉脱去了鞋子。

“很舒服呢。”

游羽跟着脱去了鞋子。

“瞎说，明明硌得慌。”

“所以它才叫猫舌岛。你被猫舔过吗？虽然刺痛，但又感到满足。”

“你喜欢猫？”

“喜欢。”

“为什么不养一只？”

“它们会死。”

“我们也会死。”

“所有的碳基生命都会死，就连宇宙也会因为持续的熵增而万劫不复。但他们依然拥有不朽。”

“什么是不朽的呢？”

“要去找。”常玉说。

他们找到一家彩灯斑斓的小旅馆。

那天他穿着浅色的衣服，近似透明。他总是带着一种透明的质感，大约一不留神，就会在记忆中永远隐去。他拿出一架星特朗望远镜，教她调整参数。他们常在一起观星，游羽因此听说了许多星球的故事。他们在目镜后用卡片机拍下了满月的脸庞，还清晰地观测到土星光环。

“目测卡西尼—惠更斯号已经顺利地进入了土星轨道。”常玉兴奋地说道。

“用这么简陋的望远镜能看到人类卫星？”

“不是用望远镜看到的。”

“那用什么？”

“感知。”

“你教教我呗，让我感知一下旅行者号，还有朱诺号的航迹。”

“他们都是勇士。”常玉有意扯开话题。

“包括哥伦比亚号上的人们吗？”

“他们更孤独。”常玉忽然放下了手中的望远镜，说道。

常玉是个天文迷，他的房间里贴满了 NASA 出品的天文海报。游羽一度怀疑他是个外星人。而游羽喜欢文学，一心想写小说。在中学毕业之前，她已经将这辈子要完成的故事罗列出来，并给所有主人公取好了名字。然而，她从未动笔。常玉嘲笑她的懒散，而她却享受肆意挥霍时间的美好青春。

游羽曾在常玉的家中收听了哥伦比亚号解体前与休斯敦的最后通话。常玉告诉她，NASA 本来可以有多达 8 次的机会利用军事卫星近距离查看损害程度，但 NASA 却放弃了。如果当年 NASA 将真相告诉哥伦比亚号上的宇航员，他们至少还可以在遇难之前与死神最后抗争，或是给亲人留下遗言。然而，一切都错失了。听到这个故事后，游羽久久不能平复心情，每当想起，都会感到痛心。或许在那一刻，她第一次感受到他人的孤独。她淡淡地感觉到，总有一天，他们也要面对离别。

在海边的小屋里，她嗅到那光滑的皮肤，散发着清冽的花火味。他纤长的睫毛有如夏风的触手。如果注定要分离，那么拥有一次也是好的。海浪冲击着礁石，覆盖了两人的喘息。

她在他的怀中，他对她说起了一些她不明白的事。

“游羽，你知道水的波纹为什么是圆形的吗。”

“也许……因为它不能是方的?”游羽道。

“其实它可以是方的。我们的所有认知，几乎都是经验所得，包括数学。但还有一种更厉害的东西，可以打破桎梏。”

游羽完全不懂其中的意思。

“是什么?”

常玉继续说道：“霍金曾经举办了一场派对，邀请未来的时间旅行者参加。但是他在派对结束之后才发出了邀请函，结果没有人来。这证明，时间旅行不可行。”

“霍金一定很失望吧。但或许他早就猜到了结局?”

“我倒觉得是受邀的人们忘记了约会。”

他又说：“如果哪天我们不得已分开了，你会来找我吗?”

“会。”游羽认真地回答。

“那你要记得，我就在这里等你。”

“这间屋子吗?”

“在此时此刻等你。”常玉肯定地说。

“你的意思如果有一天我们分开了，还能回到这个时刻？这不可能啊。”游羽疑惑道。

“记得就行。反正你也没有探索精神，不需要知道那么多。”

常玉浅浅一笑。他说话常带有戏谑的意味，让游羽把握不住。当时的她并未意识到，这就是她生命中的约定。

游羽开始出神。环顾四周，屋子里只有几件简单的摆设，掉漆的桌子上躺着一本书，坦荡地敞开着，像是有人读了一半，中途离开了。刚才，他们猜了一会儿是什么书，从《南方高速》猜到《看不见的城市》。但也许，是我的书呢？她不知道为什么会这么想，大概因为她早就知道要写点什么。清晨他们准备离开，游羽想看一眼书的封面，却再次被常玉拥入床笫之间。

游羽半夜醒来，忽然觉得很渴。她摸索着去厨房倒了一杯水，喝了一口觉得实在淡薄得难以下咽。她打开橱柜，找出一包方糖。当白色的方糖化入水中，游羽仿佛回到小镇，再次体味到少女时代的甜蜜。一种难以言表的幸福充盈着她的身体，让她感觉愉悦、健康、平静。甜水在胃中荡漾，幸福之势渐次凶猛，所有血液涨起又落下，像海浪规律地拍打着堤岸。当白色的方糖完全消失，游羽感到久违的心痛。

她想到了K。

K，这可能吗？我记起了一个完全忘记的人。我们有过无限美好的回忆。我太激动了，完全睡不着。但又隐隐觉得心痛，这是为什么呢？

K出人意料地很快发来回复。

羽，你应该去找他，不遗余力。

游羽会心一笑，K第一次使用了成语。

第二天一早，游羽致电给父母，询问常玉的事，他们大约有一年没有通过话了。父母重组家庭之后，陆续有了其他孩子，心安理得地过起了幸福生活。他们甚至不知道他们的第一个孩子刚刚经历了子宫切除手术。他们纷纷告诉她，不记得有这个人。她当即挂断了电话。世界上当真有父母不爱自己的孩子，她从未说出的这句话，确实无处可说。

她千方百计给昔日同窗发信息，没有人知道常玉。不过，很多同学借机和她聊了起来。通过倾心交谈，她知道了一些从前没有机会了解的往事，倒也感慨。

毕业前，她在桌板里收到一封感人肺腑的情书，原来是隔壁班女生的恶作剧。她叫萧潇，她们长得出奇相似，经常有不仔细的人把她们混淆起来，包括任课老师在内。另外，在游羽的班级中，一半以上已经结婚生子，其中有一对喜欢互相打闹的男生，已在挪威注册结婚。

这两天，游羽想再梦一梦常玉，她想知道他们为什么分开，却怎么也睡不着。她用尽了所有办法，连吃了好几颗褪黑素，尽管疲惫不堪，却清醒异常。

“失眠是一道无解题。”无奈之下，她只好去医院开了处方安定。连着好几夜，她不到十点就睡了，但什么也没梦到。

游羽的心情无处排解。她不是没有朋友，但她宁愿游离在社交圈之外。有人的地方，免不了闲言碎语。很多人对她遭受过家庭暴力有所耳闻，至于程度如何，也可能是其中一个谈资。

她忽然涌现出许多天真的想法，她需要爱因斯坦，她需要特斯拉，或许她还需要哆啦 A 梦……后来她终于想到了万能的朋友圈。她用尽量简洁的话语将事情的始末说了出来，引来许多看客，毕竟她有一年没有更新状态。其中的一条回复引起了游羽的注意。他的昵称叫作 Y，游羽不认识他，也不记得怎么会加上好友。

Y 说，世界被重置以后，改变了部分历史。或许你就是因此失去了你的朋友。

游羽立即发送了一条私信：“你刚才说的世界被重置是什么意思?”

“只是玩笑而已。以前在论坛看到过一个段子，说 911 事件以后，世界便被重置了。有人记得作家冯内古特 1997 年死了，但是世界重置以后，他 2007 年才去世。”

“居然有这种事。”

“没有考证过。”

Y 又发来一个有关世界重置日的科普链接，游羽翻看过后，深觉无趣，便关闭了网页。一周后，游羽接到一个远洋电话，竟是萧潇。据她说，通过三个友人，才间接得到了游羽的号码。她说她正在冰岛旅行，那里最多的是游客，其次是羊。另外，第二大城市 Akureyri 的交通信号灯是心形的。

无关紧要的闲聊之后，萧潇才进入正题。在非常偶然的情况下，她从一位旧友那里听说了游羽的近况。她坦白，因为相像，中学时对她充满了好奇。为此她跟踪过游羽一段时间，她知道她有一个秘密男友，长得不像中国人，也不像外国人。她暗地里打听过这个男孩，据说家里是开超市的，这点和游羽的描述相同。

在她的记忆里，男孩凭空消失。他的家人报过案，却没有任何线索。几年后，男孩的家人盘了超市，搬走了。

“奇怪的是，我不能确定是不是有这么个人。好像有，又好像没有。犹豫很久，才给你打电话。也许到了这个年纪，可以活着也可以死去，难免忘记一些不重要的事。”萧潇说。而游羽描述的那些回忆，她也无法解释。

游羽终于买了机票，决定回到日夜与她纠缠的小镇。六个小时后，游羽顺利抵达小镇码头。她原以为偏僻的海岛会特别冷清，甚至没有年轻人居住。她错了。小镇已经变成旅游胜地，聚集着形形色色的游客。以前她爱吃的特色糕点，也拥有了独立包装，还写着自己的品牌。

小镇，已经面目全非。十几年的离别，足以失去所有历史。学校改建成老干部疗养中心，周围的邻居也都是崭新的人了，到哪里去找常玉呢？人类的脚步真快啊！游羽不禁发出感叹。当天晚上，她入住一家星级酒店。酒店里有舒适的浴缸，温柔的床垫，以及良好的网络。她写了一封邮件给 K。

K，不知道怎么和你说。也许一切都是虚妄，都是幻觉。

数小时后，她收到了 K 的邮件。

羽，我在北极圈见到过奇异的地球生物。那天起了很大的雾，它忽然从海里冒上来，直愣愣地看着我。从双目的大小看，它应该有易碎双腔龙那么大。天太黑了，我不确定它是不是史前生物。后来，每当浓雾号角响起，它总会千里迢迢赶来，发出相同频率的嘶鸣。它在寻找同类吧。

第二天，游羽晃晃悠悠来到了外婆家附近。这里盖起了公园。她依稀记得常玉家的方位，那里被一片绿色覆盖着，微微隆起，就像埋葬着谁一样。临走前她发现公园的海报上印着巨大的热气球广告——国庆期间园内推出热气球游览项目，提前订票可享受八折待遇。

她漫无目的地走着，欣赏日落和陌生的街道。恍惚中又回到老干部疗养中心。她看到一条河。时过境迁，河流没有任何改变，连河边的水生植物，也还是那个样子。

她在河边坐了许久，直到所有的路灯都亮了。夜色填满街道，压低了喧嚣，游羽忽然觉得小镇熟悉起来。她闻到了空气中的桂花香味。微暗的灯火中，她看到一个女孩，和她长得很像。一瞬间，她觉得那就是自己，但更年轻。她想追上去，叫住她，却不知如何开口。女孩消失在车流中。就像所有会消失的时光一样。回到酒店，游羽发现 K 主动发了封邮件给她。她兴奋地点开。

羽，很快我就要出发去弗兰格尔岛，那里是探险家的乐园，四处可见强壮的麋鹿、北极熊还有海豹。我想亲眼见一见“列宁”号破冰船，想结识一个驯鹿人，和他在荒原的 club 里喝酒讲故事。我带上了 Mazzy Star 的唱片，可我的专用电池快用完了。还有，我再也没有见过补给船，也许一个月前它就迷航了。我已经很久没有旅行，这里都是雪。在爱斯基摩人的语言里，有无数词汇描述雪。而面对冰天雪地的北冰洋，我总是说不出话。

K 的回复显得尤为反常。她生怕这是他们最后一次交谈。

我可以去找你吗？

我可以去找你吗？

我可以去找你吗？

……

K 失去了音讯。

那天，游羽做了一个梦。要说梦，有点牵强。因为她根本没有睡着。

那个夜晚变得更具体。远处的岛屿笼罩着硫黄味的浓雾，尚未到达的船只不断闪烁，努力捕捉灯塔的光。它们顶着海风、打着冷战远道而来，似乎只为听一听稀罕的浓雾号角。

呜——列岛开始模糊，它们膨胀、萎缩，倏尔长在一起，倏尔再次分离。

第一声号角持续了半分钟，绵长而厚重，像自远古而来。又半分钟后，响起第二声。

呜——音质更为厚实、确切。

“是雾角。”常玉说道。

“听到啦。”

“好像还有别的声音。”

“什么声音？”游羽不解。

“仔细听。好像是甲板收起放下的声音，但又不同，频率更高。”

常玉闭上眼睛，仔细聆听起来：“我倒觉得像动物的嘶鸣。

有点悲凉，听着让人难过。”

能见度越来越低。

“大概是专门在雾天出没的怪物？”

“这儿还有怪物？”常玉表现得饶有兴致。

“听我外婆说的，还吃人呐，很多渔民就这样有去无回。”潮水拍打着礁石，只差一点就要浸湿脚尖，游羽下意识缩了缩腿。“要是真的有怪物，也不知道它们在哪里栖身，过得可好。”

“也许就在附近。”

不一会儿，轮船的汽笛声此起彼伏，合在一起的声部更棒了。

夜很透。常玉和游羽正从围海大堤一路滑翔而下，赤脚走在浅滩上。这里看似松软，实则崎岖密布，到处都是凸起的多边形。月光再一次撩开浮云，照亮常玉的眼睛，里面有什么未知的东西在闪动。游羽想看得更清楚些。

“开始了。”

“嘘——”

是涨潮，他们不自觉闭上了眼睛。聆听海潮之声，细嗅黑夜之味。

“深海是巨怪的地盘，以人类现在的能力还到不了那种地方，那里的规则完全不同。”

“怎么个不同？”

“彻底的黑暗啊。BBC和探索频道的纪录片里常播的，因为离光太远，什么都看不见，它们头上长出了类似探照灯的东西，全身上下都是牙齿，一口就能咬断你的小腿。游羽，你怕吗？”

说着，常玉张牙舞爪起来，装成“深海怪鱼”的样子。

“常玉也是深海巨怪吧。”

“你说什么?”常玉没有听清。

海风在耳边疾驰，越发猛烈起来，雾气被渐渐吹散。

“这么久以来你都是一个人，不孤独吗?”游羽继续说。

“如果一个人失去了孤独，他就会渐渐陷入到日常里去。”

“日常不好吗?”

“日常自然有很多神性的时刻，但往往会堵住一些奇妙的入口，让我们无法看到更美妙的东西。”

“你总有一天会离开这里，去看更美妙的东西吧?”游羽忽然问道。

“我正在看。”常玉微笑着说，“要离开的人是小羽。”

“离开这里?”游羽将身体蜷缩起来，海风吹得她脊背发凉。她从未想过这个问题。海风吹散了云层，天空呈现紫色的微光，游羽发现常玉的双眼正承接着这种独特的色彩，显得愈发迷人。

“从没想过，但我的父母都要走，我会变成一个人。荒岛留不住人，这里连高速公路都没有。”游羽说。

“荒岛终有一天也会变成大陆的。”

“变成大陆以后呢?”

“又变回荒岛啊，周而复始。”

俄尔，风狠起来。几乎站不稳了。他们各有所思，沉默良久。

“变天啦。”游羽打破平静。

“不，仔细听。”常玉似乎知道些内情。

地面开始震动，海面咕噜咕噜吐着水泡，像煮开的水那样。

“呜——呜——”

海里传来两声巨大的咆哮，有如海上惊雷。这回可以确定是一种生物，他们感觉到，山林和镇子在发抖。他们疯狂地往光亮处奔去，欢笑着，前方就像光明的未来。他们没顾上穿鞋，两双白色的 Vans 跑鞋不幸被抛弃在这里，不同花色的短袜从里面耷拉出来，像悲伤的舌头。

很快，海浪平息，月亮和初升时一样圆满。

从海边的小旅馆分别后，游羽有了新的男友，是同一所中学的学长。他长得像“牯岭街”时期的张震，但要白一点。那天游羽看学长和朋友们在学校附近的河边打水漂，常玉突然出现。她许久没有见到他，在她另结新欢之后他便消失了。她以为他不会再出现。

常玉随手捡起一块圆得出奇的石头，好像要加入这个游戏。大家嘲笑这样的石头打不出水漂。常玉没有理会，他拿起圆石头，抚摸几下，将它抛入水中。石头轻盈地在水面跳跃七下，接着一头栽了下去，泛起涟漪。

“快看，方形的！”有人喊道。

石头坠入水中，波纹不息，铺满整条河流。而那涟漪，确实是方形的。所有人都目瞪口呆，甚至颇有点恐惧。游羽知道，这是常玉第一次在他人面前袒露自我。他会被当作一个怪物吗？他必定不在意。那么久以来，他真正在意的是什么呢？打完水漂，常玉默默告别。他真的不见了，连同方形涟漪，消失在星球的记忆中。

三天以后，游羽收到了 K 的回复。

太阳风暴来了，你可能没有办法找到我。

K 描述的，是二十世纪初的景象。她在网上搜索了弗兰格尔岛，那里早已一片荒凉。当游羽再次发送邮件时，她发现 K 已设置了自动回复。

太阳风暴来了，你可能没有办法找到我。

她和 K 失去了联络。这些天，网络上没有更新北极圈的气象数据。游羽并不担心，她知道 K 已经启程，踏上了盼望已久的旅程。

她终于意识到，离开小镇之后她便失去了一生所爱。她想起还有许多故事要写。她想起猫舌岛上始终有一场约会。一本书坦荡地摊开着，等待一个人。

暗　箱

上

周三一早，我收拾好行装，准备搭船去瀛岛参加葬礼。葬礼定于周五举行，不过天气预报说这几日会有大雾，轮渡随时可能停航，我便打算提早去。这么多年，往来瀛岛依然只能靠着几艘破旧的车客渡。一遇上刮风、起雾的天气，就寸步难行。

我已经七八年没回过瀛岛。父亲在我高三那一年失踪了，家里人报了案，直到现在也杳无音讯。母亲伤心了很久，现在也只能当他死了。五年前，她和一个教日语的大学老师新组了家庭，并在苏州定居。大概是不想回忆伤心往事的关系，母亲和我鲜有联络，老家的人情事也撂下了。后来在离岛一百多公里外的市区找到了工作，我也顺理成章地和瀛岛断了联系。前几天，老家的二婆忽然打电话来，说我那快九十岁的舅公忽然死了，遗嘱上赫然留给我一笔遗产。这就是我不得不回来参加葬礼的原因。

也许在常人看来，这笔遗产的数目让人为难，好像干什么都差一点。但对我来说，这笔钱相当于雪中送炭。一个月前，我辞去了报社的工作，一来薪资微薄；二来没有别的，我是个不求上进的人，最近纸质媒体越来越不景气，与其让别人辞退我，不如识相点走人。现在有了这笔钱，一年的吃喝用度是不用愁了。想到这里，心里除了踏实，还有些小小的得意。

中午，满载两百名旅客的渡轮终于晃晃悠悠靠上了码头，心中不禁纳闷，工作日竟有这么多旅客。他们到这个偏僻的小岛来做什么？不知道哪里来了一个大胆的想法：莫不是来参加我舅公的葬礼？转念一想，如果这两百号人都是来参加葬礼的话，舅公的遗产怎么也不会落到我头上。舅公一生孑然，没有老婆没有子女。想必由于他性格孤僻，生前也没多少朋友，周五的葬礼应该会很冷清吧。想到这里我的心里不禁感到一丝失落，担心起自己的命运。

一下船，码头的广播便开始通知紧急停航，雾还真是说来就来。现在海面的能见度不足一百米，放眼望去，世界就像被抹去了一般。嗡作一团的旅客终于散开，纷纷落入四布的白色甬道……

我没有直接去舅公家，也没有打电话给二婆说已经到了，这些都是没有必要的。在葬礼之前，我并不想过多接触那些不熟悉的亲戚。隐约记得小时候参加的葬礼，不好的印象还留在脑子里。按照瀛岛的习俗，当一个人快要死的时候都要回到家里——不管当时病得多重，都要从病床上拖下来送到家里去。人还没有死，轰轰烈烈的吊唁活动就开始了。不管熟络的朋友，生疏的亲戚还是一些从未谋面的小辈都要到濒死者面前哭一番，再说几句告别的话，表一表懂事的决心；当然，这些远远算不上什么，主人家还专门请来哭丧婆，已经趴在床头练习了；那些远道而来的亲朋好友，如何能怠慢？就在濒死者视线可及的地方，有一间小小的客房，人们在里面聊天、打牌，说一些无关紧要的话；而他们的孩子正在外面折磨一只腹泻的小黄狗；这场尚未到来的葬礼，还以其惊人的人数增长吸引来摆摊的商贩，他们卖瓜子、扑克甚至避孕套，都是应景的玩意儿。我曾经对家里人说，以后不想这样死。没想到，向来对世事寡淡的父亲忽然严肃起来。他问我，不这样死，那要怎么死？我认真地回答：具体没有想过，反正不是这样死。

“我们祖祖辈辈都是这样死的。”这是父亲的原话。

“这种习俗已经过时了。对死者不尊重，过程也很折磨。”

“人活着有哪天不折磨。”父亲居然说出这样的丧气话，身为儿子的我心里很不好受。

“本来是很难过的事情，可大家都表现得事不关己，甚至搞得像在……”我没有说下去。“反正很残忍。”

“像在过节，对吗？”父亲说。

那正是我要说的。

“这样的气氛不好吗？”父亲接着问我，语气温和了许多，不过依然带着一股较真的劲头。

“和你说这个没意思。”我没有接父亲的话，而是生硬地回避过去。这场对话在往一个没有尽头的方向去，我与父亲的距离也会随着这个问题的走向越来越远。

当时母亲也在场。她只是闷声做着家事，从始至终没有说一句话。不过我们都知道，她只是装作没听见。母亲用沉默告诉我们，在这件事情上争论是没有结果的。这是我和父亲第一次谈论死亡。那时我正值青春年少，脑子里时不时会出现一些自认为正确的想法。从那以后，我们再也没有经历过类似的交谈，或许是因为没过多久他就失踪了。没有任何征兆，也没有任何回响。

想到这儿，我开始发怵，不敢马上到舅公那里去。

我兀自钻进一家开在熟食店旁边的小旅店，终于卸下沉得跟尸体似的行李——到底装了什么啊，竟然都想不起来。天快黑了，我匆匆出门，走进了附近的一家小饭馆，发现里面聚集了好几个外国人。粗略看有一桌东南亚人，还有几个欧洲人。我邻座是一个包着白色头巾的印度人，他独自坐着，脚边放着一只藤编的篮子。他只点了一杯红茶。

瀛岛虽小，却拥有一个非常发达的船坞公司，许多往来的远洋轮都会在这里进行整修。因此，这个小小的港口聚集着世界各地的人们。除了务农的人，岛上的劳动力几乎都到船坞公司去了。由于交通不便，限制了瀛岛的商业发展，所以年轻人大多都到城市里去了，留下的很少。在这里，除了当公务员、进事业单位，也找不到其他好的出路。

这些外国人一定是某艘巨轮上的船员，唯独那个印度人，不像是船员。他的胡子修得很齐整，一身传统的白袍干净利索，脚上还蹬着一双本地特产的芦花鞋。当我猜测印度人的身份时，店里的老伙计走了过来，丢给我一张塑封菜单。他的脸上有两道很深的泪沟，煞是明显。

我看了一眼功能表，都是本地家常菜，菜名和它们本身一样朴素。我给自己点了凉拌豆腐、炒瓜肉、炸豆糕和一碗米饭。

忽然觉得菜色有些干巴巴，又加点了一小瓶啤酒。当我把功能表递还给老伙计时，他仔细端详了我一眼，然后问道："是小林的儿子吗?"说话的时候，老伙计的泪沟也跟着颤动起来，显出干涸。

"不好意思，你是?"我的父亲的确姓林，对于这样突如其来的身份识别我并没有感到讶异。在瀛岛，居民区非常密集，走到哪里都有可能遇到相识的人。不过我确实不认识眼前这个人。

"我和你爸爸是同事，你小时候经常到剧团里来玩的呀。"看到我面露难色，他又补充道，"很久以前的事了，估计你也忘了。"

听母亲说，父亲年轻的时候曾经在一个剧团表演木偶戏。后来，因为收入不稳定就换了个文职工作。我不记得到父亲的剧团里玩过，对这个老伙计也没有任何印象，只好勉强笑笑当作应答。显然，老伙计对于自己的过度热情感到后悔，他用桌布随意抹了几下油腻，转身走了。

这顿饭吃得怅然若失，剩了一半的饭菜不想再动。不知是菜色缺了点什么，还是心里有事放不下。埋单的时候我主动和老伙计搭起话来："刚才那些外国人都是哪里来的?"

"好像是船员，最近来了一艘大船，就靠在码头上。等雾散了，估计就要开走的。"

"那人也是船员吗?"我压低了声音，瞄了一眼印度人。

"是变戏法的，好像也是船上来的。"

"变戏法？是在游轮上表演魔术的?"

“这两夜都在巷子口那个广场上变戏法，看的人很多。”老伙计答非所问，我假装点点头，再也不想将对话继续延长下去。

“哎，雾呀，不晓得下到什么时候。”老伙计自言自语道。

付了饭钱，我就往旅店走。也许是喝了点酒加上疲倦的缘故，我感到昏昏沉沉，雾气弥漫之下，竟有点迷失方向了。我看了一眼手表，已接近午夜。奇怪，还以为才刚刚入夜，回想起来好像没做什么特别耗费时间的事情。

忽然，巷子口的一阵骚动把我吸引过去。我看到了明亮的广场，大约有二三十个人围在一起，席地而坐。我想起这个广场附近有一个公园，里面饲养着各种动物，猴子、梅花鹿、孔雀之类的。小时候，经常和父母一起来这里游玩。梅花鹿是散养的，难得一见；孔雀倒是常在河边见到，有蓝色的和白色的。猴子的笼子周围总是散发着恶臭。一旦见到游客过来，就在铁丝网上大叫着上蹿下跳，有时还会伸出手来要吃的……如今公园被废弃了，也不知道那些动物都到哪里去了。

“林奇，快点过来。”我隐约听到那群人中有人用家乡话喊我的名字。

以为听错了，正要离开，却看到一个中年女人朝我挥了挥手。

“林奇，快点过来。”女人再次招呼我过去，她的声音很亲切，我不由自主地“噢”了一声，围上去和他们坐在一起。我不喜欢热闹，人一多就像食草动物那样局促不安，这种脾性终归不合群。不过这一次，我却兴致勃勃地加入进来，连自己都感到惊讶。中年女人就坐在我身边。她的手里抱着一只奇怪的动物，好像睡着了。

“很可爱吧，是鹿。”女人温柔地说，她长得很像我的母亲。

“鹿?”

“嗯，是鹿，梅花鹿。”

“它睡着了吗?”

“不，它没有睡着，它永远都是这样。”

“它死了?”

“不，它没有死，它永远都是这样。”

女人看出我的疑惑，她继续说道：“来，摸一下。”

我小心翼翼地伸手摸了一下鹿的肚子，一起一伏的。

“很温暖呢。”

“它永远都是这样。”女人重复着这句话。

人群开始欢呼。是那个印度人，他提着一个竹编的篮子从临时搭建的幕布后走了出来，像是要进行近景魔术一类的表演。他果真是一个魔术师。

“天绳，今天表演的是天绳。”身旁的女人好像总是知道我在想什么，她自顾自说道：“据说是失传的技艺，难得，太难得了。”说完她欢笑着鼓起掌来，其他的人也跟着鼓掌。魔术师的白袍在大家眼中闪烁。

既然是失传的技艺，又怎么会看得到呢?

魔术师将篮子展示给在场的人，里面有一根很粗的麻绳，像蛇一样盘在篮子里。接着魔术师用带着口音的中文说：“本来我要和我的儿子一起完成这个表演，可是刚才他跑出去玩了，找不到他。有人愿意和我一起表演吗？我会很感激他。”

人群突然安静下来，大家你看我我看你，没有人自告奋勇。这时，女人手中的梅花鹿忽然“咕咕”叫了两声。

“它醒了?”我问。

女人摸了摸鹿的头，它又恢复了平静。

“它永远都是这样。不试试吗，也许很好玩呢?”女人对我说。

我“嗯”了一声，举手表示愿意上台。魔术师向我做出邀请的手势，脸上露出满意的神情。

魔术师告诉我，等一下他将演奏塔布拉鼓，绳子会随着鼓点越爬越高，直到看不见。这时候我就要顺着绳子爬上去。

“这不可能。”

“莫要急，到时自然就爬上去了。”说完他把盘成蛇的麻绳取了出来，让我检查。我用手摸了摸，发现这是一根很普通的麻绳，质地纤软。我到底要怎么爬上去呢?心中的这个疑惑无法消除。魔术师又将麻绳装回篮子里，从幕布后拿出一对大小不一的鼓开始击打，嘴里哼唱着一种咒语般的歌谣。

麻绳随着鼓点慢慢从篮子里探出头来，现场发出了惊呼。鼓点越来越密集，麻绳越升越高，就像被赋予灵魂一般，升到了天际。可是升高的麻绳仍旧软趴趴的，像一条垂头丧气的巨蛇。雾气越发浓烈，像行云似的堆积到麻绳周围。

我愣在原地不知所措。这时，鼓点停止了，麻绳居然随着鼓声的戛然而止一下子站得笔直。

“现在，您可以爬上去了。”

“怎么爬?”

“用手抓紧绳子就可以。”

照着魔术师的话，我把手放在麻绳上，用力抓紧。我忽然感觉到自己的重量随着与麻绳的接触被排空了，身体变得轻如鸿毛。只要稍稍借力，就能随着麻绳轻而易举地攀上去。难道我来到了外太空？

麻绳越升越高，我也随之离开了地面。没有重量的感觉太好了，真想一直这样。我感觉自己变成了那只鹿。

一些久远的回忆冷不丁涌上心头。我想起了这个广场。小时候，父亲的剧团经常会到这里表演。有一次，父亲还带上了我。剧团的负责人开一辆大卡车，装着化好妆的小丑、穿骷髅装的魔术师、闪闪发光的歌手。几个说相声的男演员也化了妆，大家说说笑笑，驶入暮色中。那时的我才刚上小学，看着这些奇装异服的演员，竟有点害怕。

“爸爸，我们什么时候到？”

“就在前面，还有五分钟就到了。”每当我这样问，父亲总是会回答五分钟。

“可是天要黑了。”

“等一下装好灯，就比白天还要亮。”说着父亲拉起了我的手。

看着身旁的父亲，我平静下来，心里踏实许多。

天色一黑，我们就到了广场。搭好临时的舞台，光怪陆离的表演开始了。热场时，几个妖娆的女郎表演柔术，她能把自己折起来，装进一个普通尺寸的旅行箱；穿骷髅装的魔术师特别喜欢吓唬人，没有任何预兆就把自己的头拿下来；歌手是一个中年妇女，妆浓得瘆人，嗓子却像十五六岁的小女孩。父亲表演的木偶戏很受孩子们欢迎。他能用几根提线让木偶跳芭蕾，甚至做汤玛斯前旋。“无论演过几次，大家还是目瞪口呆。”——母亲曾这么说过。我想除了父亲的技艺高超，还因为他制作的木偶非常精致，恍如真人，总给人一种错觉。其中一个木偶是父亲根据自己的样子制作的。表演的时候父亲和木偶一样的装束，一样的神情举止。看得恍惚了，一度以为父亲变成了两个，一个大的父亲，一个小的父亲。

就像从一场白日梦中醒来那样，时间的概念模糊起来。望了一眼脚下，魔术师和人群正离我远去。他们张着嘴，拍着手，但没有发出任何声音，整个画面好像被人有意“消音”了。我感到一种无法言语的舒适、沉醉，仿佛正在无限靠近一个美好的终点，介于生死之间。我任由绳子越升越高，直到雾气吞噬了我的脚，我的身子，以及我的全部。

下

光线昏暗，四面不断有风吹来。如果是暗箱，空间未免也太大了，我心想。

这时，一个年轻的女孩朝我走来，把我引向黑暗深处。

“这是哪里?”

“等一下就知道了。”女孩神秘地回答。

女孩自称叫作“小津”。由于太黑，看不清她的长相，但感觉得到她有点一瘸一拐。

“腿伤着了?”

“嗯，很久以前的事了，现在是个跛子。这里的人都是有点残缺的，你要习惯起来。”女孩漫不经心地说。

“你说的残缺是残疾的意思吗?”

“不全是，有时候心里的残缺比身体上的更可怕。”

我为自己的鲁莽感到羞愧，不再和她说话。

前方明亮起来。原来小津有一头时髦的BOB式短发，她身穿一件长款亚麻色开衫，搭配白色T恤和浅蓝色牛仔短裤，脚上随意地蹬着一双木底趿拉板儿，趾甲涂成金属色，整个人显得轻松惬意。

小津不时回头冲我微笑，有植物的影子投射到她光洁的腿上，就像烙上了美丽的文身。

“累了吗?”

“还好。”

“很快就能休息了，再坚持一下。”

看得出小津正努力安抚着我的情绪，和她在一起让我觉得安心，甚至有些心动——如果能和她谈一场恋爱就好了，应该会很美妙。很遗憾，我的人生似乎没有可以用作谈资的恋爱经历。除了高中时期与同班的女生有过一段短暂的恋情。记得那是高二升高三的暑假，某天我走进了一家不常去的便利店。店面很小，货物却摆得格外满，货柜之间的距离不足一米。一些顾客迎面碰上，恰巧手里又大包小包，就只能提心吊胆地侧身走过，以免不必要的身体接触。由于我个高，进店之后，更显拥挤。于是我以最快的速度从冰柜里扒拉出一瓶冰镇汽水，正要掏钱付账，却不慎撞到了一个女孩的胸部。

“很痛诶，不是故意的吧。”定睛一看，原来是邱臻。虽然已经做了两年同学，却没怎么和她说过话。

“对不起，对不起。”我连连道歉。由于一时想不到如何开场，就用手比画了一下，以示这里的空间很小，希望化解尴尬。

这是我第一次在校外看到邱臻，她穿一件薄荷色的吊带连衣裙，裸露出健康的皮肤、柔和的背沟以及深邃的锁骨。她没有穿内衣，雪纺质地的衣衫微微凸出乳头的形状。在学校时，她戴框架眼镜，而那一天，她没有戴。我方才注意到她的眼睛，像鱼。厚实的睫毛，有如鱼的背脊生出了羽翅。

我买了根栗子牛奶口味的雪糕给她。

“刚才真的很不好意思。”

邱臻接过雪糕，拆开咬了一口，接着问我：“触感如何？”

“什么触感？”

“刚才不是碰到了我的胸部吗，说说吧，触感如何。”

我无言以对，羞得满脸通红。邱臻调皮地笑起来。

“那么，回见了。”我冲出了便利店。

身后传来一声响亮的“喂”，我故意没理会，头也不回地走了。想起在学校的时候，邱臻喜欢用“喂”称呼我，好像“林奇”这两个字难以启齿一般。

不料出了便利店，又在街角鬼使神差地遇到了她。奇怪，明明是我先走的，她怎么跑我前面去了？

“你倒是神出鬼没的。”我半开玩笑地说。

“想知道为什么我比你快吗?”

“为什么?”我问。

“其实不是我脚步快，而是我用的时间比你少。明白吗?”

我摇摇头，说：“这不是一回事嘛。”

“说白了，我就是穿越时空了。”

“穿越时空？鬼才信呢。你一定是抄了小路。”

“哎哎，我就说你这人没劲吧。”邱臻边说边踢开了脚边的石子，“是真的，我也很震惊。刚才你走后，我就跟了出来。你走得很快，一路小跑才勉强跟上。没想到一眨眼的工夫，就跟丢了。回头一看，你居然落在了我后面。太不可思议了，这绝对是一次穿越时空事件!”

“什么嘛，怎么可能!”

邱臻认真地解释了其中的原委。我仔细听着，认为她说的有道理。最后我们达成了一致：我们之中的一人穿过了某个小型的时空奇点。至于到底是谁穿越了时空，还有待商榷。后来，我们的关系因为这次事件变得亲密起来。不过邱臻始终没说那天为何要跟着我，也许她还是想问关于“触感”的问题吧。还有一点值得一提：从那以后，不上课的时候我们就在一起，在各种可以想象的地方做爱。暮色下的天台、气味浓重的实验室、荒草丛生的密林以及废弃在内河的铁皮船。就像动物一样，到处标记，留下气味和体液。有一天我摸着她的乳房，突然对她说：“有件事一直忘了告诉你。”

“什么事?”

“像奶昔。你乳房的触感就像奶昔，还是香草味的。”

邱臻会心一笑，好像早就知道我会这样说似的。

“在想什么?”小津打断了我的思绪。

“噢，没什么。”

“一定在想喜欢的人。”

“看得出?”

“嗯，那种表情就对了。说说吧，你们为什么没有在一起?”

对于小津的洞察力，我渐渐感到适应，如实回答道：“后来彼此的联络越来越少。在没有矛盾，没有出现第三者的情况下，很自然地分手了。回想起来，并没有说过‘分手’之类的话，但我总觉得这样的结束更残酷些。”

“说不说分手其实都一样了吧。没有不可抗的外力，也不是非要在一起。”

不是非要在一起。我心里重复着小津的话，觉得似乎被言中了。在我的人生里，并没有任何非要去做的事情。舅公的葬礼，本意是不想去的。一来害怕那种场合，除了难以忍受的繁文缛节，还要硬着头皮面对许多不相熟的亲友。遗产呢？只能维持一年的生活，也不是非得生活下去的。为什么要回来呢?无法深想下去。

“也许是服从了内心。”小津的回答像是抚平了一张皱巴巴的纸，虽然逻辑上她应该是对我先前所说的恋情作出回应。

我们继续在黑暗中走着，用沉默响应着彼此。很快我们走出了长廊，来到明亮的户外。

“作为一个托儿，我还称职吗?”我问。

“准确来说，你不是托儿，而是魔术师的搭档。”

“有区别吗?”

“一个是参与者一个是表演者，区别大着咧。是第一次登台吧？听说你一点都没怯场，很厉害啊。”小津眼中露出钦佩的眼神。

“说不定是遗传了我父亲的天赋。”

“嗯?”

“父亲曾是剧团里的演员。母亲说过，父亲只有在舞台上的时候最为平静。很奇怪，刚才在台上的时候，我似乎也感受到了那种平静。”

“不介意的话，等表演结束了再走吧。”

“还没结束吗?”

“才到一半。”

“出口在哪里，我得走了。”

“既然来了，就把它完成吧。放心，不会耽误你太久时间的。”小津的话确实让我消除了些许顾虑。

“累了吧？今天就在这里睡。”

奇怪，刚才还不觉得，此时眼皮却越来越重，感觉一半的自己已经睡着了。说话间，我们又穿过了一条暗道，暗道两侧有许多包间。昏暗的灯光下，隐约看出暗道上铺着红色的劣质地毯。说来，这里的构造有点像三等船舱。

我们进入了其中一个包间，里面的摆设很简单，一张原木色的小床偎着窄窗摆放，床边紧紧贴着一只五斗橱和一个茶几。

三件家具就这样拥在一处，给房间留下了很大的“无用”空间。走进包间，发现地面上铺着干净的席子，就随小津脱了鞋子。一股淡淡的香味飘来，让人觉得很舒服。

“味道习惯吗?”

“嗯，挺好闻的，是什么?”

“洋甘菊。橱上的小灯是一个加湿器，装了点精油。”我转身一看，发现小津已经不见，取而代之的是一只鹿。它两腿一软，便像一块毯子那样铺在地上，睡着了似的。由于实在太困，已经没有力气多想。

再见到小津已是次日早晨，她给我送来了早饭。碗碟都是清一色的原木质地，装着白粥和几样清口的小菜。我没有提鹿的事。

因为肚子很饿，就理所当然地吃了起来。没有椅子，就跪在地上吃，并没觉得任何不妥。饭是新煮的，加上冷却的绿茶，成了不冷不热的茶泡饭。配菜有腌鸡豆瓣，玫瑰腐乳和一条不知名的鱼。小津看我吃得香，显得很高兴。

“合胃口吗?”

“很好吃。你做的?”

“不是。”小津无意告诉我厨师是谁。

“这是什么?”我指着那条迟迟未动的鱼。

“黄花郎，酒糟的。”

“这鱼叫黄花郎么？听着像人名。”

“黄花郎是早年的说法，现在跟着别地改叫梅头鱼。也许是行情不好了，叫名都不亲了。”

以前依稀听家里人提起过瀛岛人捉梅头鱼时的盛况，应该是好几十年前的事情。据说梅头鱼的鱼汛很短，始于清明，盛于谷雨，立夏过后便结束。母亲说，她小时候吃过一次梅头鱼，那味道便再没忘记。后来梅头鱼越来越少，吃不到了，心里可惦记呢。

我尝了一口，顿觉此前的人生错过太多。

“黄花郎是成群结队游的，遇到大的鱼群，发出的咕咕声，几里外就能听到。出海捉黄花郎一怕捉不到，二怕进网的鱼太多了，网收不拢。为了安全，只好忍痛把网割掉，这可比抓不到鱼更伤心。你的外公可是捉黄花郎的一把好手，可惜嗜酒如命。大风大浪都躲过了，却死在了酒桌上。”

“你刚才是说……我的外公？”我刚要伸向黄花郎的筷子，在此时收住了。

“是啊，你的外公。”

“你怎么会知道我外公的事？连我都不知道。”

外公死得早，那时我还小，根本不记得他的样子。

“你会明白的，快吃吧，吃完我们还有事要做。”

“我要回去了，多谢你的招待。”我放下了手中的碗筷。

“不着急，不会耽误你的事。”

我没有理会小津，执意起身离开。

小津急忙将我拦住：“外面什么都没有。”

“什么意思？”

这时，小津打开了包间的一扇窗户，我顺势望去，看到了这栋建筑的一部分，形似船体。仔细辨认，原来我们正在一艘大型客船里，它悬在空中，竟然无依无靠。然而这里又与空中不尽相同，抬头不见日月，四周没有云气，脚下也没有任何可视的景物。四面不断有风吹来。

“天呐，竟然是一艘船!”

“是腾空船。”

瀛岛人叫气垫船为“腾空船”。这种船如今已不多见，曾经却是往来瀛岛最快的交通工具。

“外面到底是什么?”一阵透心的恐惧袭来，我“嘭”一下关上了窗户。

“害怕了?”

“不是害怕。”我急于否定，“一般人见到这番景象，多少都会担心或者好奇吧。”

“嗯，可以理解。不必多虑，那只是虚无。”

“虚无? 说笑吧。”

“就像很浓的雾。”

“别说些听不懂的，这里到底是什么地方?”

“暗箱。”小津惜字如金，但我好像明白了点什么。

小津知道我要去参加舅公的葬礼，除此之外，她还知道很多关于我的事，但不便向我一一道来。由于天绳还没有升上来，意味着魔术没有结束，所以我暂时无法离开。不过即使在这里待上十天半月，也不会错过什么事，因为“暗箱”里的时间和外面不一样。是的，她称这里是“暗箱”，真真就是魔术里的那种暗箱。小津还说，这里居住着近两百个居民，没有人知道谁是第一个开拓者，又是谁建造了这里。“暗箱”就像一个大宇宙中的小宇宙，有着全然不同的物理法则，时间相对于瀛岛要快好几倍。

“等一下无论见到什么都不要惊讶哦。”小津说。

“尽量做到吧。”事情发展到这里，见到什么都不会太惊讶了。

小津打开了包间的门，我跟着她走了出去。劣质地毯的两边依然是数不清的包间。

“为什么没有人？”

“现在都在楼上呢，很快就会看到了。说说你心里的那个女孩吧。”

走廊看起来不长，却好像怎么也走不完似的。我趁着这段时间，把心里的事都告诉了小津。

“在这之前，从来也没对别人提起过。我迷恋着邱臻。有一天，悄悄把她带回了家里。我家是复式的房子，父母住楼上，我住楼下，平时只有吃饭的时候才和他们在一起。那天父亲正好不在家，仗着母亲从不管我，就很自信地把邱臻藏在房间里。我们四仰八叉地躺在床上听地下丝绒、披头士还有治愈乐队。对了，有时觉得，如果我们之间的回忆有 bgm 的话，这些曲目一定是循环播放的。听完歌，胡乱吃了一些快餐，就开始做爱。”

“少年时代的恋情真让人怀念。”

“是啊。但是我的恋情却成了不堪回首的过去。”

“怎么会呢？”小津关切地问道。虽然她话不多，却给人温暖贴心的感觉。有种恨不得把所有心事一股脑说出来的冲动。

“凌晨的时候，楼上传来了诡异的声音。”

“什么声音？”

“哭喊，和叫骂。声音很大，邻居都给惊动了。”

“是谁？”

我听到了父亲的声音，不知什么原因他提早回来了。母亲在哭，在叫，从来没有听到她这样声嘶力竭地哭过。然而，楼上还有另一个声音，一个陌生男人的声音。至今我也不知道发生了什么。我始终没有打开那扇门，连想都不敢想。”

“其实你内心比谁都明白吧。”

“是啊，居然和母亲如此默契，万万没想到。”我不合时宜地自嘲了一句。

“邱臻呢？好像忽略了她。”

“当时我蹑手蹑脚地锁上了房门，邱臻醒来问我发生了什么，我说我不知道。她几次叫我开门出去看看，都被我拒绝了。我异常坚定地告诉她，死也不会开门的。”

“没打算告诉她实情？”

“其实是逃避。自己都无法接受的事情，如何向她坦白？当时已经感到，我们之间要完蛋了。一旦发生了这样的事，就不可能继续了。我们太年轻，还无法做到体谅彼此。”

“你怎么能肯定她不能体谅？”

“当我告诉邱臻不会开门之后，她就不说话了，好像很无助。大概十分钟以后，外面渐渐安静。隐约听到他们离开了，不知去向。也许是在一个我不知道的地方解决问题吧，毕竟父母都是脸皮很薄的人。他们走后，邱臻也走了。我们就这样分手了。”

“当时受到的打击不小吧。”

“可不是，这打击一直延宕到现在呢。这事过去一年以后，父亲失踪了，我再也没有见过他。”

“你觉得他的失踪和这件事有关。”

“谁知道呢。但能肯定，那天父母都清楚我在房间里，听到了这一切。或许他们也清楚，我在拼命置身事外。”

说完这番话，感觉自己就像一个刑满释放的犯人。

小津看着我，神情忧伤起来。

“很快你就会见到他。”

穿过走廊，我们攀上三四节很陡的旋转楼梯，前方有些喧闹，似乎有盛大的场合正等着我们。

“到了。”小津说。

有如开启了魔盒，喧嚣潮水般涌来。我听到欢呼和掌声，有人在大笑，有人在恸哭。

我们来到了腾空船的顶层，面前是一个巨大的舞台，被数百名观众包围。舞台上有三头大象，两只狮子，还有一只白孔雀。乍一看，这些动物的体型比我以往在动物园里看到的大上许多。大象的背上铺着人工草皮，上面站着几个正在表演杂技的艺人。狮子端坐在舞台两边，目光炯炯，全然没有透露猛兽的凶恶。白孔雀则盘桓在舞台上空，不知疲倦。原来孔雀是会飞的，在动物园里可是难得一见。

舞台的背景是早期电影海报风格，上面印着一个老人的头像，就像二三十年代的那种老派电影明星。

"这人是谁?"我大声地问。

"他是这里的负责人。"

"地位很高?"

"是的，这是他的葬礼。"

"葬礼？可是这完全不像是葬礼的样子啊。"

"一切都按照先生的意思来办的。"

我流下了眼泪，说不上为什么。

几个踩着高跷的妙龄女郎从绛红色的幕布后走进了我的视野，她们身着华服，妆容精致。随着高跷女郎的登场，现场爆发出震耳欲聋的掌声，舞台的顶灯刷的一下亮了，全场忽如白昼。这时，其中一个高跷女郎向观众席走来，她轻而易举就用长腿跨过了舞台和观众席的护栏，将目光投向了我，居然是小津。

光顾着惊叹，竟没发现小津刚才离开了。此刻她已换上了华服，俨然另一个人的模样。我想起她的瘸腿。

"腿……没事吧?"

小津俯下身子说："你说什么，我听不见。"

"你的腿，没关系吧!"我放高了声音，此刻的我一定像是女神身旁的精灵或者侏儒一族。

小津笑了笑说："习惯了，就和自己的腿一样。踩高跷的时候，看不出我是瘸子吧?"

"真美，我都被你迷惑了。"

小津很高兴，脸上熠熠生辉。她又说："知道吗，我的演出服得五个裁缝合力才能缝制出来。"

原来小津是一个艺人。我回想这一切，越来越觉得不可思议。这时，小津会然又恢复了本来的样子。

“是时候带你去见他了。”

我们来到另一个包间。房间中央摆放着一个棺木，里面躺着一位面容晦暗的银发老人。一群人围在棺木周围，轻声交谈，话题似乎围绕着这位老人的生平，丧事的氛围浓郁。

“去看看你的父亲吧。”小津对我说。

我的身体被一股外力推向前去，人群自然地开出道来，并向我投来关切的目光。

虽然老人看上去已有百岁高龄，我还是一眼认出他就是我的父亲。

“原来七八年时间，在这里就是一辈子。”我自言自语道。

父亲看上去比以前瘦小很多，棺木显得宽敞，似乎还能再躺下一个人。这时，几个着灰衣的男子拥入人群，将五六个木偶置于棺木中。木偶和父亲很像，有的年轻，有的年老。它们平静地依偎在父亲周围，似乎找到了归宿。

“林先生三天前在梦中离世，走得很安详，我们不知道你会来，看来还是父子连心啊。”人群中传来一个低沉的男音，无法确定是谁。

“每过十年，他都要重新做一个木偶。”有人补充道。

父亲离开我们的这段时间一直在做自己喜欢的事，真自私。不过我替他高兴，甚至羡慕他。幸好有这些木偶，才能让我看到父亲这几年的样子。

我忽然发现，父亲衣领的扣子没有系好。

“来来来，林奇，赶快给他穿好，不要叫他冻着了。”人群中也有人发现了这个疏漏。这里的人笃信：寿衣穿不好，来世要受苦。

我认真地帮父亲系好了扣子。

“这衣服，还是得亲儿子穿才穿得好啊。”又有人说。

终于，我抑制不住悲痛，扑倒在棺木前，放声大哭起来，就像婴儿那样。

直到房间里一片昏暗，所有人都消失了，我才停止哭泣。

外面传来很大的风声，窗户被震得发抖。

“还有人吗?”我小声地问，声音带着哭腔。

“我在。”

还好，小津没有离开。

“好像有人在砸窗。”我提醒。

小津的瞳孔忽然放大，惊恐地盯着窗口。

“哐当”一声，一团白色的雾气破窗而入。

小津见状立马拉起我朝楼下飞奔。

“虚无来了，千万不能让它抓住。”她说。

虽然她腿脚不便，跑起来却丝毫不受影响，简直像飞一样。

我更加肯定了。

“是梦吧，都是梦而已。”我对小津说，“既然是梦，无论怎么努力都不会改变什么。”

小津放慢了脚步，对我说：“你错了，这里只是一个暗箱。永别了，林奇。希望你不要忘记啊。”

“忘记什么?”没等我说完，“虚无”就缠住了小津，她正在消失。我想抓住她的手，奈何“虚无”整个压下来，她变成了白乎乎的一团。

这时，我脚下一空，不住地往下掉……

究竟是梦还是死亡？抑或两者都不是。

我已经开始遗忘了。

潺缘之类

阿休坐绕山巴士来到潺缘山，行至半山腰的时候，巴士短暂停靠，她跟随人流跳下车，自顾自转入一个小巷子，消失在斑驳的竹影里，再也没有回到巴士上。她并非遭遇什么不测，而是经历了一件稀罕的事情。

小巷子的尽头别有洞天，四周传来奔腾的流水声。像是有人领着路似的，阿休爬上了一个人迹罕至的小山坡，在那里，她遇见了一只类。

阿休是第一次来潺缘山，她听随车导游说，远古时山上住着一种野兽，名叫类。类颇有点妖气，它们形似猞猁，雌雄同体。每到繁殖季节，类就会变化出两个模样，自我交配。不过这终究是传说而已，从未有人真正看到过这种生物。

“没想到竟碰上了这种事情。”阿休小心翼翼地将这只孱弱的幼兽护入怀中，生怕它下一秒就落入他人手里。她忘了如何下山，如何回到了几百公里以外的家中，是坐公交、打的还是搭车，一概都不记得。回到家后，她便昏睡过去，直到一阵白兰花的香气充溢鼻间。

“醒了？”莲婆的声音从很远的地方传来。阿休睁开了眼睛，原来莲婆就在她眼前，她衬衣的纽扣上牵着两朵白兰花，有点蔫了，但香气依旧。眼下已是六月，每到夏天莲婆就喜欢在地铁口的小地摊上买白兰花戴，她说这种香气最好闻。

阿休说不出话，身体也动不了。

“别着急起来，先叫叫自己的名字，看有没有忘记。”莲婆叮嘱道。

阿休心想，自己怎么可能轻易丢了姓名。于是她默念了一遍自己的名字，果然很快醒了过来。屋里上着一盏橘色的落地灯，屋外漆黑一片，很难知道具体的年月时辰。

“莲婆，我睡了多久？”

“没多久，你好像累着了，所以没叫醒你。”

阿休想起了什么，她扫了一眼屋子，着急地说道：“莲婆，我带回来的那个东西呢？”

“什么东西？”

“就是那只像猫一样的东西啊。”

莲婆诡秘一笑，指了指阿休的床褥。

阿休掀开被子一看，类正温顺地呼呼大睡。

“喂了点羊奶粉，睡得挺香。你在哪里捡到它的？”

“就在潺缘山上捡到的，说不清具体是哪里。你认识它吗？”

“知道一点，没想到这东西竟被你遇上了。”

“我可以养它吗？”

莲婆欲言又止，她让阿休先去吃点东西。家人早已睡下，阿休和莲婆不得不蹑手蹑脚地从阁楼上爬下来，老朽的木质楼梯发出为难的吱嘎声，每踏一步都让人胆战心惊。原来莲婆早已为阿休备好了绿豆粥，小菜配的是五香烤子鱼、酱黄瓜和半个鸭蛋，阿休吃得很尽兴。

“很久没吃到烤子鱼了，现在休渔期刚刚结束，价钱不便宜吧。”

“在老菜场买的，价钱贵不到哪里去。”

莲婆在阿休家做了三四十年保姆，薪资方面从不计较，家运不济时，她还时常自己掏钱贴补。

“你年纪大了，也该为自己留守点。”

“傻瓜，莲婆还需要用什么钱。”说完，她又往阿休的碗里夹了一条烤子鱼。

“这烤子鱼我能吃一盘。”

“喜欢吃就多吃点。”

她和莲婆聊起了这次并不愉快的相亲之旅。见面之前，她和男方就用微信聊过几次。阿休不想见面，但她又怕屡次拒绝使父母不快，于是勉强答应。

“我听说那个男孩子卖相不错，还是个公务员。”

“嗯，可人家瞧不上我。”

“怎么会呢，你们又没见过面。”

“他看了我的朋友圈里晒的香水，指责我太过虚荣，如果奔着结婚去的话，得改掉一些坏毛病，比如爱打扮乱花钱什么的。他说，两个人在一起，要为将来多打算一点，不能只贪图眼前的享乐。”

“哦，居然说得这么直接?”

“是啊，他就是这么说的。”

“第一次见面就那样，不大好。”

“反正我也看不上他。”阿休两手一摊，轻松地笑了笑。

闲聊了一会儿后，她们又谈起了那只类。

“类不好养。不过我听老早的人说，类会百变，变成你欢喜的样子。要是莲婆有一天不在了，它还能陪陪你。”

“我欢喜的样子?”莲婆的话引起了阿休的兴趣。从小到大她连一条金鱼都没有养过，她发现自己很渴望养一只宠物，不知道是不是因为年纪渐长的原因。

“对啊，你欢喜猫它就可以变成猫，你欢喜狗它也可以变成狗。如果你欢喜树，它也可以永远不作声，本本分分地当一棵树，不过……”

“不过什么，不要卖关子呀。”这时，楼梯又发出了为难的声响。

父亲缓缓走下来，面无表情地看了一眼正端着饭碗的阿休，几乎不假思索地关了灯，然后转身走了。黑暗中，阿休和莲婆呆坐在原地，半晌没说话。在六月末的夏夜里，阿休感觉屋子里有怪风平地而起，窗外传来植物纠缠的声音，很快雨云就轰隆隆压下来。

上海如期迎来梅雨季，到处都湿漉漉的，一副伤透了心的模样。早晨的雨落在屋顶的青砖瓦上，咕噜噜漏进来，淹没所有喧嚣。床就浮在雨里，变成了一叶无人掌舵的小船。

阿休家住在有点历史的石库门房子里。小小一栋三层建筑塞了十几户人家，左邻右舍经常为了区区半个平方的公共面积争得面红耳赤。他们全家都在等拆迁，然而盼了十几年，还是没动静。

房子年久失修，每到雨天就漏水，阿休住的小阁楼总是最先遭殃。大雨过后，房间里灌满雨水，几乎可以养鱼。阿休醒来，发现类不在身边，一下子从床上惊起。看到一半的床腿都泡在水里，拖鞋也不知所踪，阿休急得哭起来。这时一只毛茸茸的小生物从“水域”里探出脑袋，朝阿休眨了眨眼睛。

“唔，居然变成了一条鱼!”阿休脱口而出。

似乎是受到惊吓的关系，类又躲到水里去了。阿休很快恢复平静，她相信了莲婆说的话。她温柔地探出手招呼类快点回到她的身边，就像招呼自己的孩子。类懂得了阿休的意思，一溜烟跃入阿休怀中，轻如一个神话。阿休发现它的身上长出了蓝色的鱼鳍，不仅如此，耳后还有若隐若现的腮。

夜幕已沉，大光明影院打开灯光，将往来的人们揽入它的明亮中。撤去了多余的鲜花、横幅、展台，电影节变得从容起来。检完票，阿休来到 4 号放映厅，他看到门外的电子屏上滚动显示着：“法外之徒”，请在电影开场前 10 分钟入场。阿休会心一笑，她轻轻推开大门，感觉自己被打上了“让-吕克·戈达尔”的标签，成为一名“法外之徒”。

夏屿姗姗来迟，他们用眼神打了招呼，并没有说话。电影很快开场，没有让冷场继续。虽然组委会为所有大师经典回顾单元的影片进行了 4K 修复，但由于年代久远，断片的情况时有出现。在一次长达半分钟的断片中，阿休悄悄回过头，看到一对情侣偷偷地接了吻；一个正在打喷嚏的阿姨将口水飞溅到一个年轻人的睫毛上，年轻人没有发现口水，也没有发现她……

电影散场时，已入午夜，天气闷热难耐，像是有无数难言之隐。影院门口站着两个穿着制服的保安，他们双手叉腰大声聊天，颇有特警的派头。路边小商贩卖雏菊和马鞭草，流动小推车散发着初夏的香味。

“好像快下雨了。”阿休的眼里闪过一丝不易察觉的忧虑。

“是啊，六月好像总是在下雨。”

“电影好看吗?”

“刚才的掌声还挺让人触动。”夏屿扯开了话题，他对戈达尔的片子没有太大的热情。

阿休想起来影片散场时的掌声，认真得和下雨一样。

“电影节都是这样的，不管片子好坏，观影结束后大家都会鼓掌。我看你都快睡着了，电影不合胃口?”

“最近没什么精神。”

“对了，我记得你喜欢贾木许，我们应该看《唯爱永生》而不是《法外之徒》。”阿休带着娇嗔的口气说。在潮湿的空气里，她微卷的短发萌动起来，像珊瑚一样感到饥饿。（它们不断向四周试探，伺机捕食对话中的龃龉。）

戈达尔的电影里有不少梗，比如男主角和卡夫卡长得很像，他的名字也叫卡夫卡，而另一个男主角姓兰波，看着卡夫卡和兰波在影片中打家劫舍，还挺有意思的。另外，阿休发现影片中著名的一分钟其实不到一分钟，她为此专门戴着电子表过来计时，显然夏屿对这些毫不知情。他们之间是无关紧要的，没有需要互换灵魂的时刻。

“我喜欢《离魂异客》，可惜没有排片。”

“希望下届会有吧。”

他们慢步走着，虽然已经做过爱，但却没有在公众场合牵手的意思。起风了，低矮的夜晚瞬间直立起来，香樟和梧桐也从小睡中苏醒过来。他们忽然感觉到渴，便在一家 24 小时便利店买了冰咖啡，一边喝一边散步，黏腻的衣领很快就干了。

阿休淡淡地告诉夏屿，家里又为她安排了相亲。夏屿听着，没有发表特别意见。他和阿休说，如果有了合适的对象，他们就分手。另外，等雨季一过他就要去肯尼亚工作一段时间，据说要拍一个广告片，所以很久都不能见面。因为工作的关系，夏屿一年到头都在满世界跑。阿休知道，她没有办法让他停下来，也不能完整地进入他的世界。因此他们之间没有表白，也没有多余的关怀，这样的关系维持了近两年。

“最近打了很多疫苗。这两天总是觉得很累，做什么都没精神。不知道为什么，一见到你就有精神了。”

“是啊，只要一做爱，什么毛病都好了。”

“并不是因为这个。”夏屿轻声说道。周围的小商贩突然移动起来，整个夜晚也跟着移动起来。

阿休低下头，她并不想进入这个话题。

“这次的模特是白犀牛，白犀牛是有灵气的动物。”夏屿知趣地岔开话题。

阿休没有接话，她想到了她的类。不知道它现在怎么样了，有没有在家里捣乱。这段日子，她好像把类当作了自己的孩子。

“你在想什么?”

“一件很难说清楚的事情。”

“说说吧，或许你想说说。”

“相亲那天，我在潺缘山上捡到了一只类。”

“类？那是什么东西。”

“一种会百变的动物，很罕见。养了一个月，慢慢有了人形，我现在不知道该怎么办。”

夏屿漫不经心地听着，他以为阿休在讲述一个梦。

“那就让它变成人吧。”

“变成什么样的人？”

“那得问你。”

“我希望它就是我，一个更好的我。”

夏屿愈发感到困惑，但他没有追问下去。他知道眼前的阿休藏着许多秘密，就像一口望不到底的井。穿过马路是一个公园，白天他们从来没有进去过，晚上倒是想走一走，尤其是午夜。夏屿跳上了一个凸起的建筑，上面盖着层透明玻璃，走近一看才知道下面是地铁站，能望见追赶末班车的人流。

“瞧，上帝视角。”夏屿肯定地说。

“果然到了晚上人就容易轻浮。”阿休戏谑道。

“不信你看看。”

那是一个白色的依旧在焦虑的世界，时间流逝得更快。人们脚步匆匆，赶车的节奏略带疲惫。

“城市的夜晚真短暂，很快就要天亮了。”阿休说。

“其实这样的生活也不错，一切都来不及细想。”夏屿下意识地摸了摸自己的下巴，他感觉胡子正在噌噌往上冒。

阿休忽然觉得清醒，她雀跃地蹿进公园的林子里。夏屿觉得她像一只得到了果子的松鼠，也被吸引过去。两人漫无目的地转了一圈，看到一张长凳，便想坐下来歇歇脚，却被横在眼前的睡袋吓了一跳。里面有一个睡着的流浪汉，只露出了眼睛，像一具没人要的尸体。

阿休疯狂地拉着夏屿往光亮处跑，就像逃离一场瘟疫的蔓延，他们看到越来越多的人。穿睡衣游走的中年男人，闪闪发亮的同志恋人，打赤膊玩滑板的外国青年，还有躺在草地上玩手机的小白领，大家好像都不介意是不是要下雨了，直到一声闷雷从云层中传来。他们大声惊呼：要落雨了！一瞬间，他们好像变成了一个人。

阿休深深地呼吸，某种气息坦白又难以解释。

“世上所有的香水都比不上暴风雨的味道。”她脱口而出。

暴雨将至，他们亲吻起来，带着肉欲的冲动。他们知道接下来要找一个青年旅舍，洗个澡，然后赤裸着拥抱一会儿。

阿休喜欢初夏，一切还没有太坏。

自从上次相亲失败之后，阿休和父母已经一个月没有说话。他们希望她早点嫁人，然后搬出去住。阿休的弟弟现在还在澳洲留学，不过明年他就要和女朋友一起回国，然后结婚。阿休的父母合计之后决定把老房子重新装修当新房，这样省下的钱可以办一场体面的酒席。而阿休的房间，会被改成未来孙子的房间。阿休心知肚明，这个家已经没有她的位置了，但她还没有做好离开的准备。或者说，她还没有找到适合的房子。地段、房租、环境都是需要考虑的因素，但又好像什么都不重要。很多时候，她并不知道自己应该在哪里。

“干吗赖着不走，这里很需要你吗？”类打断了阿休的思绪。

阿休无言以对。虽然她承担着一部分弟弟的学费，但除此以外这个家好像对她并没有别的期待，也许是她离不开这个家。

最终，类没有变成小猫小狗，也没有变成一棵树。自从阿休把它带回来以后，它就慢慢有了人形，刚开始长出的腮也渐渐变成了一个小伤口。事已至此，阿休干脆把类当作自己的孩子养起来。才一个月的工夫，类已经长成了个七八岁的小女孩。除了脸上还有些许未褪去的橘色毛发，几乎和阿休长得一模一样。

阿休给她穿上了自己小时候穿过的薄荷色百褶连衣裙，出乎意料的合身。这件衣服是莲婆用家里的老式洋针车亲手缝制的，一直收纳在樟木箱里。

“我不喜欢穿裙子，你去给我买一套运动衫吧。”

“你长得太快了，老是买新衣服太浪费啦。”

被拒绝后，类立马脱掉了裙子，光着身子在屋子里晃荡。自从它学会人类的语言，就变得越来越乖张。

“真不应该把你捡回来。”阿休赌气说道。

“那就趁早给我取个名字吧，到时候就不会麻烦你了。”

阿休想起了莲婆临走前的叮嘱，不要给它取名字。

“以后不准再提这件事。”

“阿休是不是想起莲婆了？”

阿休没有说话，她担心莲婆可能要离家很久。

“莲婆说她的妹妹在老家种了片玉米地，每年的收成都很好。等今年的玉米熟了，要送点给我们尝尝呢。不过这些天大风大雨的，玉米倒了一大片。除了玉米，刚插下去的水稻可能也要遭殃。老妹妹正伤心呢，莲婆说她要回去看看。”阿休不自知地胡言乱语起来，“我从小就是莲婆带大的，这个家除了她，我没有人可以依靠。”

“阿休，你别傻了，莲婆死了都快一年了，你看到的只是她的鬼魂。”

阿休一时语塞，没想到类竟如此直接，未留任何余地。

“只要她还在这个家里，我就觉得安心。”阿休回答得很无力。

“不，莲婆应该回到属于自己的地方。”类斩钉截铁地说道。

“那么你又属于哪里呢?”阿休看着和自己长得一模一样的类，深觉事态已经不受自己控制。

“只要你不叫我走，我就一直属于你。不过，你得先给我买一套运动衫。”

阿休好像想起了什么事，忽然伤心起来，她隐约觉得莲婆不会再回来了。

夏屿在肯尼亚的日子，经常打电话给阿休。

“今天我在保护区看到一只长颈鹿，晃晃悠悠的，老跟着我们。”

“它不怕人吗?”

“这里的很多动物都被圈养起来了，和人类很亲近。”

“圈养？是被驯服的意思吗?”

“还不到驯服这个层面，但它们大多都有名字。”

“那只跟着你们的长颈鹿想必也有名字，说不定谁叫了它。”

“大概有。所有的长颈鹿都在吃金合欢树的叶子，只有它看见了我，正好我也在看它。”

“以前莲婆给我唱过一首童谣，歌词好像是：三只牛吃草，一只羊也吃草，一只羊不吃草，它看着花……我觉得小屿你就是那只看花的羊。”阿休直接称呼他为“小屿”，显得很亲密。以前她甚至不敢叫他的名字，所有的对话都是直接开始的，就像没有前奏的恋曲。

“为什么我会看着花？”

“因为我把你想得太好了。”

夏屿离开后，阿休自在了很多，说话也更坦白，而他们一起的时候，却从不这样。或许是因为她不再对这份爱情抱有希望，她也不再掩饰对夏屿的情感。

“最近上海热得让人受不了，都快 40℃了。电视新闻里说，很多人为了蹭空调，白天就打铺盖睡在地铁站里，场面很壮观呢。”

“都是无家可归的人吗？”

“或许也有像我一样的人。”

话题变得有些沉重，夏屿很想趁此关心一下阿休的生活，却不知从何说起。有时他感觉之所以没有和阿休成为更加亲密的人，是因为他们都太体谅彼此。

“小屿你什么时候回来？”

“还有半个月吧，很多拍摄项目因为临时的事件被搁置了，这几天要赶工，所以会推迟些回来。”

“那我们就做半个月的恋人吧，不要拒绝我好吗?”阿休近乎带着恳求的语气说道。

“我怎么会拒绝你呢？为什么只做半个月，一直做下去不好吗？等我回来了，我们就再也不要分开了。”

“不，只做半个月。”阿休一边流泪一边挂断了电话。

夏屿结过婚，他和妻子是大学同学。婚后他们始终没有孩子，感情也渐渐因为生活琐事消磨殆尽。两年前，妻子忽然服毒自杀，留下的遗书上只写着“对不起”三个字。从此夏屿陷入了不可自拔的痛苦中，他怀疑妻子的死是对自己的报复。“我不会再结婚了。”——这是夏屿说过最肯定的一句话，肯定到可以刻在墓碑上。

某个周末，阿休在家里帮类染头发，Crosley 的黑胶唱片机里播放着地下丝绒的 *Sunday Morning*。“金色中要带着青色”——类这样要求。阿休并不清楚那究竟是一种什么颜色，于是她把接近的色系都买了，类很快从一堆染发剂中挑选出了正确的颜色。现在的它已经完全变成了阿休的样子，也许更妩媚一些，胸部也发育得更好，毕竟它是一只妖。阿休顺手用染发梳的手柄戳了类的胸部。

“看起来有 D 杯了，真是青出于蓝呢。”

“可不是嘛，该给我买新内衣了。”

“好啊，等一下我给你上网买。”

“运动款的我穿腻味啦，这次要试一试阿休那种蕾丝的。”

类撒娇道。

“不要整天想着打扮，多看点书才会有长进。”

“好啊，阿休叫我干吗我就干吗。”成年以后类乖巧了许多，阿休更喜欢它了。白天上班，类就乖乖待在家里等她，很少跑到外面去。到了晚上，他们就睡在一起，亲密得不分彼此。

“其实你不用整天待在家里，可以出去玩玩啊。”

“我还没有名字，跑太远会迷路。”

“如果迷路了会怎么样?”

“那就回不来了。”

阿休的父母都上班，白天家中空无一人，罅隙的屋子看起来宽敞不少。通向阁楼的楼梯陡峭不平，平时没人上来。加上类和阿休长得一样，这段时间家里人甚至没有察觉到任何异样，类完全可以大摇大摆地跑到楼下的厨房里拿冰棍吃。这一点也让阿休颇为惊讶，原来家人对自己也并没有那么熟悉。

类很聪明，才几天工夫就把阿休给它的书都读完了。一天，类好像有什么心事，总是心不在焉，支支吾吾许久才开了口。

“阿休，你书柜里的小人书都是从哪里来的?”

“我也不记得了，好像懂事起就躺在柜子里，也没问过是哪里来的。”

“我读了一些，里面的故事都奇奇怪怪的，不像是给小孩子看的。”

“说说看。”

“其中有一本小人书还挺有趣，不过我有点看不懂。”

“哪一本?”

“没有封面的。”

“哦，那一本。”阿休似乎想起了那本书。

“里面说有一个捕快押解一个犯了事的和尚，给他戴上了枷锁。晚上他们行至一个客栈歇脚，和尚就骗捕快喝了很多酒。捕快醉倒之后，和尚偷了钥匙解开枷锁，给捕快剃光了头发，还互换了衣衫。最后把枷锁反扣在捕快身上。捕快醒了之后发现自己变成了和尚，然后疑惑地自问道：和尚在此，捕快去了何处？”

“有什么想不明白的地方？”

“你说人真的会把自己都忘了吗？”

“不清楚，但也不排除有这样的事。”

阿休发现类的眼睛倏尔明亮起来，就像远山的阴影离开了澄澈的湖面。

“阿休，我和你长得那么像，难道你不害怕吗？”

“说不上害怕，但我对你有点担心。”

“担心什么？”

“很难说清楚。”

晚上，阿休去便利店买了消夜，有鱼丸、魔芋丝、甜玉米还有牛肉干，都是类的心头好。吃完，他们各自洗漱，准备睡觉。到了八月，夜晚已经没有那么炎热难耐，不开空调也能勉强入睡。

“你听，空调管道里是什么声音？”阿休推了推身旁的类。

“那里有窝蝙蝠，这两天刚生了幼崽。”类拱入阿休怀中。

“你身上有股好闻的味道，是什么？”

“潺缘山上的牡丹花开了，应该就是这个味道。”

“你怎么知道牡丹花开了？”

“所有的类都知道，这个解释起来有一点麻烦。”

“也就是说你们可以分享记忆，对吗？”

“类似这样。”

“不分彼此的感觉真好。”

“阿休你想做妖吗？”类试探着问道。

“从没想过这个问题。”

“在潺缘山上，还有你的同类吗？”

“潺缘山只是我们繁殖的地方，我们行踪隐蔽，还可以百变，一般不会被发现。即使不巧被人掳走，大多数人也会随便给我们取个名字，然后我们就能回去了。”

“那我帮你取个名字吧。”

“不，我觉得做人挺好的。”

这是类第一次表示不想要名字，阿休颇有些惊讶。后来他们又说起了夏屿。

“他长什么样？”

“很奇怪，照说他的脸应该很熟悉，但正经想起来却是模糊的。”不知怎么的，阿休谈起夏屿就像谈起一个已故的人，带着长久的怀念，“回想起来，最确定的是他的味道，不是普通的香氛或者沐浴露，而是一种不常闻见的药香。”

“药香？”

“仔细想想，也不一定是药香。或许是植物的味道，类似古树名木散发出的成熟又可靠的味道，奇怪的是这和小屿本身的感觉并不相符，也许这就是吸引我的地方吧。”

“说不定只是喜欢他的味道?”

“还真说不定。”

阿休又谈起她和夏屿的最后一次通话。那天夏屿很低落，他告诉阿休，保护区的管理员们杀死了一只长颈鹿，把它的尸体分成好几块喂了狮子和猎豹。据说那头长颈鹿是近亲交配的产物，为了保持种群的优越性不得已杀了它。但夏屿觉得，保护区的经营者仅仅是为了节省开销才编出这个冠冕堂皇的理由。未来他们还会因此杀死同性恋的狒狒，纯色的斑马和失明的雄狮。阿休担心那只被杀的长颈鹿就是小屿看到的那一只，但她什么都没有说，故意装出冷漠的样子来提醒夏屿：他们分享了太多无法拥有的东西。后来，他们再也没有联络过。

“就这么结束了?”

“称不上，只能说是戛然而止。”

聊着聊着，他们都倦了。半夜阿休感觉到一阵燥热，正摸索着找空调的遥控器，却被眼前的一幕吓出一身冷汗。她看到类坐在床边的藤编摇椅上看着自己，带着意味深长的笑容。可那个脸又分明是自己的，她不知道那个女人到底是谁。忽然一个激灵，阿休再次从梦中醒来。

类的手从背后探上阿休的身体，从肚脐一路探索到乳房。这到底是现实还是梦境?一个梦携带着无数新的梦，像没有尽头似的令她疲惫不堪。她想抵抗，却被这只手臂环得更紧。忽然类的身体变得滚烫而鼓胀，它正在变成一个男人。阿休猛地转身，恍惚中她看到了夏屿忧郁的眼睛。

“不要害羞，我就是你。没有什么好担心的。”这时类的手已经伸进了阿休的内裤，阿休知道自己根本无力招架。她既羞耻又放荡，只能全盘接受。

那种神秘又熟悉的体香若隐若现，使她彻底晕眩。高潮时刻，白日遗失的梦境疯狂地跳跃在眼前，似乎有电流跑遍了全身。阿休惊叹于这片刻的魔力，整个人都通透了。那几天，类就一直化作夏屿的样子，虽然长相相似，倒也能轻易觉察出不同，也许是毛发更加浓重，也许是神情更加专注，又或许只是气味的差异。

阿休每天回到家里都要先研究一番她的男人，兴致来了还会亲自帮它洗澡。她不再悉心打扮它，只给它穿白色的T恤或者海魂衫。类的性子也变了，不像以前那样对万物充满好奇，它变得沉默寡言，就像青春期的男孩子们那样。有时候他们一整夜都不说话，只做爱。即使仅用肉体交流，也丝毫没有妨碍他们之间的亲密。

“为什么你会变成夏屿?”

“这不是你期望的嘛。”

“你会不高兴吗?”

“不会，阿休期望的，也是我期望的。”

“你还能变回以前的样子么?”

“我已经不记得以前的样子了。”

“不说倒是没注意，竟然连张照片都没留下。”

“每一次的变化都会留下痕迹，就像耳后的伤口一样，所以无法恢复原来的样子。”

阿休忽然感到心疼。

“类，你有自己想成为的样子吗?”

类的脸上露出一丝忧伤的微笑，它摇摇头说，每个种群都有自己的弱点。

“类，你能不能变成其他的样子？我不想再见到小屿了。”阿休终于说出了埋藏许久的心里话。

“你想让我变作谁?”

“谁都可以吗?”

“都可以。”

“珍·茜宝也可以吗?”

“她是谁?”

“一个演员。”

阿休从一堆老碟片里翻出了1958版《你好，忧愁》，她对类说：“我一直觉得那时候的珍·茜宝是世界上最好看的人，真希望你也能变成那个样子。”阿休睡着后，类仔细地看完了那部电影。在黑白与彩色的画面交叠中，少女时代的珍·茜宝就像一个迷失的精灵。它闭上眼睛，很快进入了电影的世界，它穿上了五六十年代的时髦泳衣，一头扎进法国乡间的湛蓝海域。

早晨醒来，阿休发现金发碧眼的珍·茜宝就躺在自己的身边，她娇小、纤细，闪闪发光，恍如一块稀世珍宝。她没有叫醒她，而是万般柔情地观察着她，细微之处不放过一丝眼梢的抖动。

“比我想象的还要美。”

从此以后，类不断化作电影明星、歌手、著名作家，甚至包括小说中的虚构人物。破旧的小阁楼里增添了更多传奇的色彩，幸运的时候，邻居能看到穿着卡通吊带裙的格蕾丝·凯丽或者安娜·卡里娜在阳台晾衣服。后来阿休干脆扔给它一张手写的饰演清单，上面写着被枪杀当日的约翰·列侬，光着身子打字的塞林格，没有发福的莱昂纳多，蓝色头发的蕾雅·赛杜……

类不知道自己是一个优秀的演员，还是个低级的性工作者。变化得多了，类似乎掌握了一定的窍门，有时候也能违背阿休的意愿，变成一些别的什么。比如它能安静地变成一个没有台词的群众演员，或者上门服务的快递员。比起那些清单上的人物，类更喜欢做一个普通人，但阿休却并不允许它这样。

“不要变成那些人。”

“为什么?”

“他们的生活太平淡了。”

有一次类变成了黄金时代的张国荣，他穿着黑色针织套头衫和卡其色运动裤，戴上了阿休为他准备的金丝边眼镜。望着镜子里的自己，他第一次感到满意。那天他突发奇想，准备到弄堂里的小卖部买包烟，却差点引发了新闻事件。等阿休回家后，类把当天的遭遇一五一十地告诉了她。

“老板要和我照相，说我太像哥哥了。”

“那你照了吗?”

“后来围上来好多人，哪有机会。”

“没想到他去世这么久，还是那么招人惦记。你是怎么脱身的？”

“就说专门模仿张国荣的特型演员呗，他们没理由怀疑。”

“算你机灵，不过以后再也不能出去了。”

连着一周，类都没有变成其他样子，阿休忍不住担心起来。

“他已经去世了，而你整天变成他的样子……”

“怎么了？”

“总觉得怪怪的。”

“但是大家都很喜欢张国荣。”

一天，阿休用手机刷着微博，冷不丁发现“张国荣”三个字成了热搜。怀着好奇心点进去一看，原来是网友拍到神似张国荣的人，引发了热议。照片下面附着数千条留言，有的只说神似，有的却认定是张国荣本人。从照片上的环境来看，他们拍到的应该是类。阿休很害怕，她搞不清是怕失去，还是怕这突如其来的混乱。

“暂时变回原本的样子吧。”

“这个……有点难了。”类尝试着拒绝。

“总会有办法的，试试看吧。”

“可能要耗费许多精力。”

“试试看吧。”阿休语气坚决，没有任何商量的余地。

挣扎了一夜，类恢复了妖身，代价是失去了一只耳朵和半截尾巴。从那以后一切都很平静，类就像寻常的小动物那样乖巧。直到有一天它自作主张，变成了刚刚割去左耳的梵高。

“为什么要变成这样？”

“变化得太多了，身上的痕迹已经无法消除，只能变作一个残缺的人，但幸好它也是你喜欢的人。”阿休这才意识到不该这样对待它，但为时已晚。类说它已经老了，很快就无法化成人形。它开始变得非常嗜睡，胃口也差了许多，只能吃些海苔和烂粥。最后的日子里，它的记忆很模糊，渐渐忘记自己曾是一只类。阿休觉得伤心，但她无能为力。好像所有的事情都是这样，从满腔热情到无能为力，就是这么个简单的过程。仪式感的缺失导致结局仓促而乏力，她想起了自己说过的话——只能说是戛然而止。

家里的冷战终于结束，空闲的时候他们也说一说话，就像平常的家庭一样。

“囡囡，早上我接到个电话，好像是莲婆家人打来的，你和莲婆最亲了，她的事你清楚。去回个电话，号码我记在电话本上了。”

“莲婆还有家人吗?”

“好像是她的侄子。”

“莲婆都走了，他还打电话过来干吗呢。”这是阿休第一次亲口承认莲婆已经去世的事实，竟如此自然。

“好像要和我们商量买墓地的事情，莲婆也该入土为安了。”

阿休若有所思，呆滞许久后终于回了电话，对方自称姓陈，谈吐得体，很有礼貌。他得知莲婆没有什么亲人，去世后骨灰一直存放在家中，心里不是滋味，于是就在老家给莲婆买了一处墓地。据说墓园环境很好，四周花圃环绕，空静舒适。撂下电话后，阿休感到久违的放松。

不久以后，阿休收到一盒包装仔细的玉米，寄件地址写的是莲婆的老家，阿休寻思应该是陈先生寄来的。玉米有些老了，当天晚上她煮了一锅玉米水，加了点冰糖后放入冰箱冷藏，第二天早上准备喝的时候却发现少了一半，她想起莲婆有偷喝饮料的小嗜好。

多雨的夏天总算过去，阿休怀疑家中的改造工程马上就要拉开帷幕。她做了一个梦，她看到一个无限狭长的空间，里面排列着很多房间，每个房间都是一段往事。这些往事在现实中早已被琐事覆盖，但在那些房间里却异常清晰，当时的穿戴模样，甚至说过的话都历历在目。忽然下雨了，她全身湿透，想进房间避避雨，但房间里的“阿休”看起来都不太高兴，或者说不太友善，好像有什么难言之隐。每当进入一个房间，她们就一言不发推她出去，就像打发一个陌生人。

她觉得自己很难再醒过来，恍惚中，她看到了类。或者说，她看到了缺了一只耳朵的梵高。

“难道我的家人都看不见你吗?”

“放心，他们什么都看不见。”

“你为什么还在这里?”

“没有名字哪里都去不了。”

“阿休，你喜欢的话就叫阿休吧。以前的事，抱歉了。”

一眨眼的工夫，阿休回到了潺缘山。山上的白牡丹已经凋谢，满眼都是鲜丽的花烟草。

里外雅堂

1

田西不曾想过，有一天会驾驶探测器进入小津的身体。想必孙悟空进入罗刹女身体的时候，也万不会料到有人步他后尘。不同的是，孙悟空之于罗刹女是痛苦，是不该存在的波罗蜜王。而田西之于小津，是温柔，是尚未到达冬季的枯叶之火。

不久前，翟北从意外离世的母亲那里继承唯一的遗产——里外雅堂号探测器。对翟北来说，这破机器着实无用。很快他就以三万块的价格把里外雅堂转卖给表哥，并附送了一只名叫都灵的黑兔。

“就把它当赠品吧。”

“它平时吃啥?”

“只吃甘草，适当喂水。对了，它还吃自己的粪便。”

田西花了两个月的时间慢慢吃透了探测器的操作原理，原来这是一架可以无限缩小的探测器，适用于人体内部。如果小姨还在世的话，这项发明将能帮助医学家攻克许多医学难题。如今斯人已逝，探测器沦落民间，田西不禁为它的前途担忧。他可能会先申请个专利，再想办法卖个好价钱，不过眼下他先要面对女友提出的分手。他们刚刚做完爱，床垫还暖烘烘的，冒着气。

“如果你离开我，我就去死。”田西说。

“你别激动，不是因为你不行。”

田西舒了口气，恨不得马上死掉的心情缓解了一半。

“那是为什么？”

“最近我老觉得，两个人住一起，有点挤。”

“我可以搬走。”

“这不是搬走就能解决的。”

阳光投入房间，在小津光洁的皮肤上留下枫树的影子。她穿好衣服，缓步来到梳妆台前，拿出新买的口红往嘴上抹。她看起来像一朵稀有的玫瑰。该如何形容这种色彩呢，或许就像所有失去的亲吻。田西早该发现，小津的心思已经不在他身上。他多么希望小津对他的爱，至少能燃烧完一支口红。

“如果彻底消失呢？”

小津不说话，看起来很伤心。

冷静一夜之后，田西做了决定。他要驾驶里外雅堂号探测器，进入小津的身体。这样他既能消失，又不至于失去小津。

“从哪儿进去？”

“从你的阴道滑进去。”

小津已经没有耐心，勉强答应。

发射前一夜，田西走进里外雅堂——它更像是一艘冰冷的潜水艇。而舱内却是另一番天地，虽然只有单人间大小，却充溢着平凡生活的气息。床铺收拾得整整齐齐，散发着烤螨虫的焦甜味。盥洗区域被单独隔成一小间，所有的生活污水都会从这里排出，对宿主的影响可以忽略不计。这里还有成箱的饮用水和太空食物，包装上写着：宫保鸡丁、酒糟黄鱼、荷香排骨等。居然都是小姨的拿手菜。田西随手拆开一袋宫保鸡丁，尝了一口，又马上吐出来。看来小姨还没来得及试吃。

最后，田西抚摸了永远饥饿的都灵，他会把它一起带走。当它把甘草吃光，只剩下粪便的时候，它就会死。田西决定在都灵饿死之前返航，虽然他没有十足把握。

“祝我们好运。”他说。

2

探测器在急速旋转之下渐渐消失，最后，它轻如一个念头，小如一丝疼痛。小津在放大镜下找了半天，才从木地板的缝隙里摸到这颗纽扣般大小的探测器。放大镜下能隐约能看到舱内的人影，但听不到任何声音。

小津认真地将探测器放进一个注射器，里面装满了盐水。一个轻巧的推进，发射成功。透过雾蒙蒙的窗户，田西第一次看到小津的内部——脆弱、温热、潮湿，让他想起南方故乡的气候。现在，一滴温热的血就能把他融化。在万劫不复的新陈代谢中，生死都将不露声色。

田西无法确定，自己到底身在何方。于是他打开了导航系统，里面住着一个智能 AI，自称“空”。

“那么空，你是男的还是女的?”

“我的声音听上去是女声，但人类的性别概念并不适用于我。”

“无性别?”

“是的。”

“小姨居然把你做成了 Siri。”

“我不是 Siri，我是空。前方即将到达阴道穹隆，可能会遇到气流，请系好安全带。”

“什么是阴道穹隆?”

还没等空回答，里外雅堂一个悬停，倏尔直落下去，就像要坠毁一样。田西吓得哇哇大叫，慌乱之下他抱紧了无时无刻不在吃甘草的都灵。他散发出惊魂未定的气味，闻起来就像一只弱小的食草动物。都灵觉得很安定，它开始咀嚼田西的甘草色围巾。此时，里外雅堂自动打开了机顶的降落伞，他们像泡泡一样重新浮起来。

“您已到达安全地带，现在可以打开舱门了。”

田西不敢轻举妄动。

“小津正要睡着。现在气温、湿度都刚好，要不要?”空欲言又止。

田西注意到，空的语言越来越像人类。

“别卖关子。”

“让她舒服一下。”

“舒服一下是什么意思?”

“你按一下那个橙色的按钮。”

田西按下橙色按钮，里外雅堂的前方生伸出两只纤长的机械手臂，轻轻触摸着一块粉色的柔软区域。他很快明白这是在干什么。

“会弄疼她吗?”

“不会，这是专门为女性设计的隐藏功能。很安全。不过，最好不要去动那个蓝色的按钮。”

“会怎么样?”

“我也不知道。这个功能还没通过测试。”

“连小姨也不知道会发生什么?”

“没错。”

田西有点兴奋。说话间，他已经按下蓝色按钮。机械手臂的动作幅度越来越大，整个舱体抖动起来，就像一场小型地震。都灵不再吃甘草，它的鼻翼也抖动起来。

“外面好像变红了。”田西说。

“已经关闭了舱门和机械手臂。”

“那为什么还在震?”

“大概是小津的身体在震。你最好马上坐下来，系好安全带，我们可能会遇到一波猛烈的冲击。”

顷刻间一股巨浪掀来，将里外雅堂整个抛起。田西被砸晕过去，半小时后才苏醒过来。巨浪渐渐平息，里外雅堂被一股温暖的洋流包围，室内忽然变得很热。他脱去了外套，解开了衬衣的扣子，但依然在流汗。

“这些水从哪里来?”

“惊世骇俗的女性射精，俗称潮吹。”

“作为男人，真是望尘莫及啊。小姨真是个天才。”田西笑着调侃道。

“是的。另外，女性的颅内高潮比例也比男性高得多，如果加上一定的冥想训练，她们甚至能够随时随地高潮。”

这一刻，田西多么希望自己就是小津。舱门自动打开，吹进来一股股柠檬味的热风。田西想起小时候住过的庭院，经常吹到这种温热的风。他喜欢趴在白色的木栅栏上往外看，香蕉叶裹着蓝得透心的海，就像怀抱着一个蓝色的灵魂。

“原来小津的身体是柠檬味的。”

“这是女性高潮后的味道。”阿空补充道，“现在，是小津的夏天。”

“这里还有季节？”

“只有春夏。在躁动的早春里，穹隆之下的六角形风暴将席卷每一方土地，随之而来是火山的咆哮，万物的崩塌。就像冰冷沙漠之下的石油被瞬间点燃。”

田西似懂非懂。他开始喜欢和空随便聊聊。

“我感觉我快秃了，有什么生发秘诀？”

“维京人曾用鸽屎生发，而古希腊名医希波克拉底相信鸽子屎，辅以辣椒根、孜然和荨麻才是治疗秃头的良药。一个有着五千年历史的埃及秘方记载，将刺猬浸入掺了蜂蜜的油后烧焦，再混以蜜蜂、雪花石膏、红赭石，还有指甲屑，之后把调好的药膏在染秃病的头皮上厚厚地涂一层。”

“这里没有鸽屎，也没有其他有用的东西。”

“可我们有都灵的屎。”

田西开怀地笑了起来：“你终于学会了幽默。”

“我们是在谈论你，不是我。”

“也许正因为快秃了，小津才要离开我。”

“你根本就没有秃，不要再胡思乱想了。”

“到底要怎么样才能让她重新爱上我呢?”

“爱情是一道无解题。”

3

“上次的冲击之后，我们的推进器和导航都出现了严重的问题。”

“什么意思?”

“我们可能回不去了。还好里外雅堂的其他功能运转正常，你依然可以随意变大或者变小。但如果你想出去，就会撑破小津的身体。”

“这不可能。”

“如果变小的话，我们会进入一个真正的微观世界。小到普朗克尺度。”

没等田西提出疑问，空就自动开始科普：“这项单位首先由马克斯·普朗克所提出，他希望建构出一套测量系统是依照这些自然单位来施行的。其中的基础是建在普朗克质量上。虽然量子力学和广义相对论在提出这些单位的当时尚未出现，随后得知：在普朗克长度的距离范围，重力预期开始会展现量子效应，进而要求一套量子引力理论来预测所会发生的物理事件……”

“好了，我们的食物还能维持多久?”

“算上都灵的话，顶多三个月。”

“那就先飘着吧。”田西无奈地说道，他发现都灵依然在吃甘草，对悲伤的命运毫无知觉。

“如果我能像都灵一样就好了。”他陷入绝望。

“这本来就是一场冒险。”空说。

大约三周以后，里外雅堂漂浮到子宫附近，他们发现了一颗巨大的行星。

“那是一颗受精卵。”空说。

“小津怀孕了?”

“没错。”

“不可思议，这居然是我的孩子。”

“小津自己可能还不知道。但这也解释了她为什么突然要和你分手。”

“为什么?”

“体内激素变化的关系，情绪会受到极大影响。很多女性会因此患上抑郁症，非常痛苦。”

看着史诗般的受精卵，田西眼泛泪光。他和小津曾经有过一个孩子，在还没成形的时候就做掉了。那时他们都不知道生命意味着什么。

他又想起那个没有戴套的下午。小津帮他挂起大衣，一颗一颗去解他衬衣上的扣子，她动作舒缓有序，就像是给士兵举行卸甲仪式。高潮将至时，小津没有让田西离开自己的身体，她用双腿环紧了他的腰肢，她感觉自己是一只脆弱的树袋熊，要竭尽全力、全神贯注地环住自己的树干，否则就会掉下去摔死。想到这一点，她咯咯笑了起来。

一场盛会暗自展开：成千上万个生命旺盛的精子相互追逐、冲撞，猛烈程度丝毫不亚于一场橄榄球比赛。它们山呼海啸，争分夺秒，不分彼此。在逼仄的小径里，一个特别的精子蠕动着，拼命往前挤。它很幸运，其他精子们扭打成一团时，正好为它开辟出一条捷径。它思路清晰，冷静无比。

此时，要是它能有感觉，它一定会觉得自己是一个贼。可事实却是，它没有被赋予“感觉”之前，一点儿都没有慌乱。它知道，“终极目标”已真正唾手可得。它只是以一贯的速度，游到了“那儿”，一股脑钻了进去。也许其间它还做了一个团身后空翻。一切看来都轻如一阵烟，美如一个神话。

从此，它不得不相信宿命了。在时间的长河里，到处都是死尸，它也将是其中的一具。其他的精子们却正在赴死的途中，睁着惊悚的眼睛。每一个成功的精子，都有自己的独到之处。

“是两个。”空说道。这时里外雅堂号已漂浮到受精卵的另一端，那里还有一个跳动的生命。原来那一次，小津不可思议地排出了两个健康的卵子，分别被两个精子占领。它们就像一对诡秘的双星系统，一个闪着蓝光，一个环绕着紫光。

“储物柜里有一个拍立得，你可以拍点照片纪念一下。”空建议。

“但是，要给谁看呢。”

“留给自己啊。”

他按下快门，同时做了决定。

4

不久以后，小津体内发生一桩血案。其中一个胚胎吃掉了另一个，就像吃掉一个汉堡包。

“惨不忍睹。”田西眼睁睁看着他的孩子互相残杀，无能为力。

“想开点，也许它真的饿了。”空说道，“至少你还有一个健康的孩子。被吃掉的那一个，会变成畸胎瘤，以后做手术取掉就好。或者……”

“或者什么?”

“或者小津会生出一个嵌合体。”

“什么是嵌合体?”

“遗传学上用以指不同遗传性状嵌合或混杂表现的个体。免疫学上的含义则指一个机体身上有两种或两种以上染色体组成不同的细胞系同时存在，彼此能够耐受，不产生排斥反应，相互间处在嵌合状态。”

“拜托不要再百度了好吗?”

“简单来说，他们合二为一，以一种特别的方式存在。”

“即使被吃掉，也不会完全消失?”

“是的，它们会变成一个人。”

“至少比落入黑洞好。”

小津的夏天已经过去良久，但春天迟迟没有到来。她的身体正经历前所未有的变化，春梦和起夜上厕所的次数都变多了。她的心情也变得更加起伏不定，最近她时常怀念消失在自己身体里的男友，不知他是生是死。他会成为她永恒的伤痛吗？后来，她去附近的药店买了一支验孕棒，滴上尿液后很快显示出两条细细的红线。她终于大哭一场，后悔不该让田西进入自己的身体。但她决定生下他们的孩子。从那一刻起，她已经成为一个母亲。

都灵把甘草吃完了，现在它正和田西一起吃宫保鸡丁。他们边吃边欣赏着舱外的景色，这里异常平静。六角形风暴已经消失很久，而胚胎越来越像一只史前巨怪，它通体透明，包裹着一块块血色的岛屿。

“它越来越大了。田西，我想差不多……”空说道。

“我已经准备好了。”田西回答。

“要我帮你吗？”

“我自己来。”

“你会害怕吗？”

“你呢？”田西反问道。

“我们谈论的是你，不是我。”空给出了一个机械的答案。

“但我想知道你的感受。”田西坚持地说道。

“真正能让我们害怕的，只是害怕本身。”

“这句话真像小姨说的。”

“难道不是更像 Siri 说的吗?”

“你不是 Siri，你是空。”

按下黑色按钮后，田西没有任何感觉。周围的景色瞬息万变。他看到了流浪的星球、翻滚的星云以及混沌的气体。

“这里是……宇宙?”

“是太空。”空的声音从很远的地方传来。

田西想再拍一张照片，但在漫无目的的黑暗中，他一无所有。他很好奇，如果永远缩小下去会发生什么。于是他又按下了黑色按钮。

他回到了小津身边，他有点怀疑这只是一个梦。他无限怀念驾驶里外雅堂的日子，那时他是船长，拥有一个 AI 和一只兔子。自从失去它们之后，爱情，好像也没那么重要了。他发现小津的肚子已经微微隆起，他当然知道里面充满了羊水，孕育着一个凶猛的生命。他还知道左边的口袋里装着异卵双胞胎的珍贵照片，他决定为自己留着，永远都不给别人看。他不知道的是，自己如何从小津的子宫回到这里，就像缩小从未发生过一样。

忽魂街

——献给天上的少年

正午，沉默已久的天空终于被鱼背般的闪电劈开。一时万籁俱寂，直到暴雨如锋利的剑般扎入杂货店脆弱的遮雨棚，发出尸体一具具砸落的声音。四处漏雨。杂货店落入暴雨的狂噬中几近沉没。

旦夕之间，独自看店的少年切断了冰柜电源，从里屋拿出两个脸盆接水。他无助地祈祷整个七月都不要再下雨，直到家里有钱交付修缮屋顶的费用。

雨太大了，几分钟就要往外面倒一次水。

少年全身湿透，狼狈不堪。就在他打算放弃这间杂货店时，雨势终于减弱。他已筋疲力尽，瘫坐在柜台后的摇椅上，大口喘息着。他想休息一会儿，等会儿从冰柜里拿一瓶橙味汽水喝。平时他不太动那些饮料，习惯喝冷开水。

他想不到这时会有人进来买烟。顾客没有带任何雨具，全身滴着水。

他像一个刚刚经历了海难的幸存者，湿透的浅绿色衬衫海草般紧紧贴在身上，看上去很焦虑，似乎正被一些暴雨之外的问题所困扰。

男人上前了两步，把手搭在柜台上。伸长着脖子，往里间望了望。

“一包玉溪。”他淡淡说，有些心不在焉。

玉溪长期卧躺于货架的最底层，少年俯身去拿。

“一个人看店?”男人问。

“嗯。”少年一边回答一边把烟交到男人手里。

这时他发现男人长得有一丝像父亲。也许所有这个年龄的男人都让他想起父亲。毕竟他已多年未见过他。父亲的脸孔已经被重新构建，成为所有人。那晚也下这么大的雨。父亲穿戴好雨披，举着一个手电就往大雨里冲，说要去接一个人。母亲在一旁默默流泪，少年发现她的脸在雨夜的幽光下显得尤为生动，甚至让人产生马上拍摄下来的冲动。他预感父亲再也不会回来。

男人接过烟，付了钱，出神片刻。打算走了。

这时，少年叫住了他：“这张钱是假的。”

此时附近的人工小河已经涨满，就像少年们游荡在夏日里的性欲。一些卑微的河底生物将被暴雨第一次冲上岸来，从此告别过去的生活。而电源再也没有被插上，在逐渐形成的肃穆的浪中，首先融化的是近乎透明的盐水棒冰，接着是花花绿绿的雪糕和甜筒，当人们取走那些幸存的饮料后，冰柜被转卖了两次，最终被丢弃在一丛不被重视的小树林中，生锈、长草，成为啮齿动物的家园。

暴雨来得迅猛，消失得也快。午后阳光下，重新刷过的沥青路面冒着焦灼的白烟。

白日梦结束了，萦绕在枕边的若有似无的雾霭静悄悄退却。一两秒之间，K 辨认过周遭的环境，核实了自我的身份后才坦然醒来。他起身打开电脑，论坛上出现了几张新帖，都是白日梦的内容。人们在那里不厌其烦地写下自己的梦。仿佛只要事无巨细地记录下梦中细碎的事物，就能真正捕获些什么，留下些什么。在没有点开这些帖子之前，梦境就像土壤里不时长出新奇的植物，让人惴惴不安，充满期待。它们可能是任何一种梦。点开链接之后，梦境纷纷归位，回到了梦者的笔下。他们在悠长的夜晚掉牙、飞翔，偶尔裸身出现在步行街上。也有人翻箱倒柜，寻找丢失的电话账单、汽车钥匙甚至房产证。也有人在梦中杀戮，经历逃亡和永夜……梦醒了，他们就立刻写下来。生怕晚一步就千差万别。为了写小说，K 暗中以游客的身份收集这些梦境。

入夜后，K 沿着空旷的大街慢跑。虽然一些幽深的巷子里可能还潜藏着隐蔽的水田，但只要留心避开，完全不必担心跑鞋浸湿。除了互相遮蔽、穿梭的梧桐枝叶之间，偶尔会被晚风带来一场小型阵雨，让人依稀记起午间曾下过一场狂暴的雨。

天黑以后，大街上鲜有车辆往来。疲倦的商铺依次收摊，人们各自进入孤独的生活，于是便容易产生永远都不会发生坏事的幻觉。街道上到处充满回声，像基里柯的画一样汇集着厚重的神秘。暗夜吸食了多余的色彩，赋予建筑幽灵般的伤逝。街角随时有鬼影般的女孩推着铁环窜出，奔向更隐秘处。仿佛只要张开双臂，忘记姓名，就能轻易起飞。

K 正在构思关于梦的小说。他曾经尝试在马桶上和冲凉房构思，效果甚微，后来他只在慢跑时构思。K 的灵感来自午休时的四层梦境经历，他的手表四次滑落，每次捡起都会通往一个不同的宇宙。当他从第四层梦境中醒来时，他发现表带确实松了，梦境跌落的过程大概历时十一分钟左右。他回忆起方才进入第二层梦境时已经很清楚自己正在做梦，于是他得到一个区别现实和梦境的经验：困境总是不断重演，很难逃离，哪怕它非常虚弱。不过一旦被识破，梦就开始服从。进入清醒梦后，梦主无所不能，成了真正的“神”，他们建造不存在的房屋，编织不被拆穿的谎言，享受永不熄灭的爱。按照这样的逻辑，K决定将小说分为四个章节：猎梦、训梦、控梦、炼梦。故事的主人公设定为年轻的魔法师，拥有卷曲的头发和柔软的躯体，这是肆意穿越现实与梦幻的边界所导致，或者说是这类人的特性。魔法师还拥有一座忽明忽暗的岛屿。岛屿的气候与岛屿之外恰恰相反。岛外万丈星空时，岛屿上空往往雷电轰鸣。构思到此便没有下文。

虽然小说仅处于构思阶段，还没有真正写下来。

一只鸟正掠过K的头顶，叫得很慌乱，让人觉得它是灰色的。K感到困倦，开始慢步折返。往常跑完步后，K习惯绕一条小径，转入名叫“样样有”的杂货店，从冰柜里摸一罐冰镇橙味汽水喝，然后回家冲凉睡觉。“样样有”并非样样都有，这里的大部分收入来自冰柜和烟草，其他货品大多都是摆设。据说老板娘的丈夫是一个水手，常年在远洋轮上工作，有时会夹带各国的“舶来品”卖，多是国外的旧货市场淘来的，价格开得非常随意。但其中也有值得一提的货品，比如烧起来有股朗姆酒味的蜡烛，还有大胆描绘性爱场面的浮世绘小酒壶。不出所料，小镇的人们总是对着这些“舶来品”指手画脚，问这问那，却从来没有真的要买。老板娘也逐渐意识到，这些货品对小镇人民的生活来说毫无意义。

那夜，熟悉的小径看起来又深又冷，就像来自另一个季节。K迟疑片刻，打消了喝饮料的念头。大概因为慢跑前反着读了一遍《都柏林人》的缘故，他体内的湖水被冻住了一般，流不出汗，也不觉得渴。所谓“反着读完”其实就是字面上的意思——他从文章的最后一个字读起，一直读到第一个字。于是雪先落到了所有的生者和死者身上，又轻轻回到空中，回到冰冷的水的形态。它们俯视着加布里埃尔的陡然心碎，他即将认识一位永恒的死者，即将听闻妻子的刻骨铭心的爱情……幼年时K就发现，写出结构颠倒的字要比写出正确的字简单得多。小学两年级时，他已经能写出一篇完整的镜像日记。不过这项技能还来不及得到发展，就被禁止了。多年以后，这次不为人知的非线性阅读让K倍感亲切并为之沉醉。

“当你读完这篇小说，便会完全忘记它的名字。”K脱口而出。

仅靠一个稍纵即逝的念头，K就飞了起来。他甚至没有用力，只是踮了下脚就直接腾入空中。K很快适应了这种轻盈，几番尝试之后，他选择采用蛙泳的姿势遨游于半空中。他想起那些文学作品中飞翔的人们。卡夫卡写过一个骑着煤桶求人施舍的可怜人，虽然他已经像神明一样现形于空中，却因没有取暖的煤即将被冻死。布尔加科夫用极大的深情创造了“飞翔的玛格丽特”。然而这位“爱的化身”虽然热烈而激进，但她不得不借助扫帚才能飞起来，就像煤桶骑士骑着煤桶。K不知道为什么笔力雄厚的大师们在描写飞翔的时候，依然给飞翔以禁锢。好在他无拘无束，就像自夏加尔的画作中起飞。

K怀疑自己进入了清醒境。但他已完全忘记何时进入梦乡，就连姓名也模糊了。一丝不足挂齿的失落拂过他的心间，又很快被吹散。风起时，飞翔更为寒冷。他后悔没有穿上那件柔软的牛仔罩衫护住后背的凉意，顺便捕捉低处的流云。他原以为流云会像溪流中的鱼，实际却更像林中的蝴蝶。它们的身边没有充满秩序的水流经过，也不存在任何奔腾的目的，就像随时都会烟消云散的短梦。

K喜欢徘徊在一百米左右的空中，这样既能看清小镇的面貌，又不至于太贴近地面。世界陷入黑暗，路灯一盏接一盏把大街照得通透，反倒使他更加寂寞。他想起他的裤袋里还有一只可以消遣的便携 walkman，里面插着一盘录满的磁带。音乐对旧时的少年来说，并非唾手可得。正版卡带的购买渠道有限，手头也紧，于是很多学生会在听电台节目的时候，顺便把喜欢的歌刻在空磁带上，然后贴好新的标签，标注曲目。K并不爱好学习英文，他用这些磁带来录电台里偶尔听到的喜欢的歌曲。每录一首，就会擦去一篇英语课文。K小心地摸出了缠在裤袋里的耳机线，认真解开、放长，塞入耳中，然后按下播放键。耳机里传来一首熟悉的粤语歌，但他却怎么也想不起歌名了。不过，他倒是记得那篇被擦去的课文。故事的主人公是一个无比坚毅的老奶奶，她几十年如一日地装聋作哑，只为掩盖自己目不识丁的事实。

林奇的家就在下一个路灯的转角处。K突然想去打一个招呼，顺便见识下他新买的元年乔丹 1 号球鞋和大力神变形金刚。虽然夜已深了，但林奇的家里依然灯火通明，所有的窗户都打开着，大方迎入生灵与喧嚣。K 从窗户里直接飞入了林奇的房间，墙壁上贴满了 NBA 球星的海报，发皱的乔丹与崭新的科比毗邻相望，笑得同样灿烂。那双红黑相间的球鞋随意摆在墙角，旁边站着威风凛凛的大力神变形金刚，一切都和 K 的想象吻合得天衣无缝。他瞥见林奇半裸着趴在书桌上，不经意睡着了。K 没有叫醒他。他大胆地将双脚滑进 46 码的球鞋里，试图走到穿衣镜前。他没有成功，并不是因为球鞋太大了。他发现球鞋只是一团雾气似的东西，根本没有实体。另外，当 K 飘过穿衣镜时，也照不出自己，他就此失去了镜像。“如果是梦的话也不足为奇。”K 倾着身子，遗憾地离开了林奇的房间。再次通过那扇窗户时，一个突出的钉子勾住了他的耳机线，把 walkman 从他的裤袋里揪了出来。他伸手去捞，却发现 walkman 也化作了一团幻影。

K 忽然失了方向，只能跟随一支漆黑的鸟群盘桓在学校上空，时而穿梭于空荡的教室间，时而落停在升旗的桅杆上。他甚至鬼使神差地潜入了影印室，打算偷看几张数学考卷。他听说梦中的记忆力惊人，如果方法得当，说不定醒来的时候还记得一些考题。可惜的是，所有的纸都是空白的，考卷还没有被打印。即将离开时，K 看到传达室里亮着灯，于是浅游过去，他发现一个陌生的保安仰头昏睡在躺椅上。他突然很想叫醒他，问最近有没有杂志社寄来的稿费单。但他没有那样做。数月前，他耐心地创作了一首无名诗。他的诗歌中充满步步逼近的危险与不可撤销的绝望。投邮前他又删去了几个悲伤的逗号，他渐渐发现，创作不是为了表达，而是为了经历。

恍然间，K来到了学校附近的一家花店，店面的卷帘门死死抵着地面，似乎连空气也跑不进去。花店里最出名的要属各色月季，不过它们总被不识货的老板叫做“这个白的”或“那个粉的”。自从小津来了之后，它们终于重新拥有了名字：黑巴克、珍妮·莫罗、无限公主、加百列大天使……K时常帮母亲采购鲜花，在几次寡淡的交谈中，他与小津互生好感，并在学校后门的库房里接了吻。K陷入了对小津的迷恋。她喜欢穿浅色纤薄的衬衫，喷一种沉稳的香水，像是来自幽深的庙宇。出汗后这种味道略带一丝柔软的甜蜜。她左手的食指有修剪花枝时不小心划出的伤口。伤口不长但很深，留下一道梅子色的疤。K不知道为什么小津要从盛大、遥远的城市一头扎入这个不知名的小镇，来到这间不起眼的花店。她似乎正在经历一场逃亡，只能在偏僻的地方隐姓埋名才能继续活下去。所以过去的生活对她来说无非就是枯枝败叶，可以随时无情剪去。也许他沉迷的正是她的伤口。

K迫不及待地飞往小津的家，虽然只去过一次，但他完全记得路线。他很快飞过了两个街区，三个仓库，拨开几片芭蕉叶后，来到了小津的窗前。窗户紧闭着，沐浴的味道不时溢出，小津应该还没有睡。K可以轻易地飞入小津的屋子，所有的街道、建筑对他来说都是可以随意穿越的幻影而已，就连小津也不过只是一个梦中的幻影。在放荡的北欧神话里，男神总会化作降落在女神和女巨人的胴体上肆意妄为，她们无意间就怀孕了，生下神的孩子。他还在犹豫，他是否能像欧丁一样降临？K很快打消了这个念头。在恋情悬而未决之时，他宁愿成为等待被命名的月季。但他依然想偷偷地往里面看一眼。当他将半个身体穿过紧闭的窗户时，他看到小津正褪下浴巾换上睡衣，她正在步入中年，额前的碎发消失了，眼下生出崎岖的纹路。她的床上躺着一个大腹便便的男人，面无表情地举着遥控器不断转台。他们或许还有一个孩子，在隔壁亮灯的房间玩耍。

在狂乱、心碎的逃离中，K怀疑自己不慎弄丢了心脏。他的胸口异常冰冷，甚至不再伤痛。在极度自由的梦幻中，他依然年少无知，一事无成，他不知道什么时候飞翔会戛然而止，也不知道命运会落入何处。他发现自己已闯入了一片遥远的棕榈树林。这里什么光亮也没有，他几乎看不见了。但他没有退缩，他继续往林子更深处遨游。K想起半年前，他曾和一群伙伴无意间来到这里。他们发现了一辆被废弃的红色桑塔纳小汽车，它奇异地夹在两棵歪斜的棕榈树之间。车头已经撞得变形，一半的车胎陷入了落叶中。K着了迷，他走近小轿车，抹了抹车窗上的灰尘好奇又惊恐地往里看。这时身后的伙伴已跑出很远，他们不耐烦地喊着他的名字，叮嘱他小心有鬼。他还来不及看清，就被呼声架走了。

这一夜K突然来了兴致，想要探索小汽车的秘密。他像觅食的蝙蝠一样在树枝间窜来窜去，终于在天亮前找到了那两棵歪斜的棕榈树。不过，小汽车不翼而飞，树下只有一具发脆的骷髅。它的头颅摇摇欲坠，耷拉着双手坐在树下，让人猜不出它是如何死去的。他太年轻了，在他熟悉的亲友圈里，还没有人开始死去。他对死亡的最初印象来自小时候看过的《北斗神拳》，被杀的人们从内部爆裂，身体扭曲变形，像鲸鱼喷出水柱一样喷出乌黑的血。但这具骷髅看起来完整而平静，就像从未经历过死亡一样。不考虑外表因素的话，和偶尔路过歇脚的人别无二致。

“我们差不多年纪。”骷髅突然开口。

K 被吓了一跳，但很快镇静下来。梦里嘛，出现什么都不足为奇。

“你说我吗?”

“我死的时候与你差不多年纪。”

银色的月亮升了起来，把骷髅照得透亮。它确实不老。

“是车祸?”

“不记得了。”

聊了一会儿，就没有话题了。骷髅说话颠三倒四，K 的记忆也模糊不清。他们就像两个失忆的老人，一个飘在空中，一个瘫在树下，良久沉默着。忽然，骷髅打破了冷场，说起自己正在写诗的事情。他长久地创作着一首诗歌，他仿佛已经构思了千年，却从未动笔写下只言片语。

“我忘了有没有写下来。”

“这也会忘记?”

“时间一长，连自己是谁都有可能忘记。”

“有没有可能已经写完了。”

“或许在我的脑中，它已经被写下无数次，又被重写无数次。我又无数次地忘却。”

K想起自己也爱好写作的事，所以他更能理解骷髅这番话的含义。他不由得对骷髅产生了一种同情。

“你还记得诗的内容吗?”

“一首关于月亮的诗。”

“世界上最好的关于月亮的诗已经被人写去了。”

“哦?”

骷髅顷刻化成一摊灰烬。

K痛哭起来，在梦中，他竟只能与骷髅交谈。而此刻就连骷髅也化作乌有。他想回到地面，把骨灰埋入土中，却无论如何也做不到。起风了，骨灰很快被吹散。

他忽然不再悲伤。既然已经飞起来了，为什么不尽兴呢?他还如此年轻，应该飞到更远的地方才是。他飞越了棕榈树林，一条蜿蜒温柔的河流横亘在前，它怀抱着整个小镇，再往远处他还从未去过。也许玫瑰色的闪电正在某个岛屿上空闪烁，迎接上岸的五彩兽群，一位年轻的魔法师刚好入梦，等待着他的指引。K进入飞翔的狂喜之中，决定向更深远的地方遨游去。

天亮时，小镇的人们又开始谈论多年以前的杀人案和那位痛失独子的母亲。有人说起她曾试图跳楼自杀，但没有成功。他们叹息她悲惨的遭遇和不可挽回的婚姻，好像达成了什么共识一样纷纷摇头，顺利地进入了更多话题。他们傲慢地回避了一个事实——那位母亲大部分的激情都衰退了。当她看到楼宇下尽是些嘲弄她、激怒她的人们，连自杀的激情都衰退了。这些年她养着两只狗和一窝鸡，她不再被强烈的爱与绝望折磨，苗头一旦出现就会被掐灭。十五年后案件告破，母亲坚决向警方交代了一件事：她不见凶手，也不会出现在法庭上。

流亡已久的男人终于归案，那些关于被追捕的噩梦也消失了。新闻媒体作了诸多报道，连毫不相干的路人也接受了采访。在交代作案动机时，男人的心脏像走错了时间的钟表一样晃动起来。他看中的只是收款机里的钱，够他玩好几次老虎机。他忍不住想象地想，等他找到了窍门，老虎机里的钱就会像暴雨一样倾下来，他的女人会带着儿子重新回到他身边。他带了一把锋利的短刀，刀背上有一个优美的凹槽，有时他会好奇血从那里经过时会呈现怎样的状态。他没有想到亮起短刀时，少年会奋不顾身地同他搏斗。他失手了。当短刀扎入男孩纤弱的脖子，鲜艳的血瞬间烟火般绮丽迸发，然后减缓如火山的岩浆。他这才看清他的脸，鲜活、明媚，让他想起自己的孩子。在逃亡的岁月里，他再也没有见到过妻儿，他想象儿子长成了死去的少年模样。他也忘记当初杀的到底是谁。是那个素不相识的少年，还是当时的自己。

纯洁的血和污秽的雨不断相互冲刷、融合，在少年周围形成新的湖泊。雨水洗去了足印、大部分指纹，就像什么都没发生过。警察用白色粉末在尸体边缘圈出了一个K字。收款机里只剩下零钱，屋顶没有被修好，但他再也没有担心过漏雨的事。

蝴蝶、风眼与无限房间

1

那时，风暴尚未形成。在西太平洋的洋面上，充沛的气流幽灵般浮动。忽然，一摞银色的鱼群被诡异的水流打入网中，鼓胀的列队变瘦、变长，经历乱网中狭小的割礼。大约十四个小时后，台风“西蒙娜”正式生成。官方消息说，这个名字的灵感来自上世纪活跃的法国哲学家、社会学家、神秘主义思想大师西蒙娜·薇依，据称台风的诞生之日恰逢这位斗士的忌辰，让人隐约感受到命名者的“环形追求”。

早上，屋檐下悬挂的铜管风铃随风鸣响，交错的重音纷纷落下，往往一声绵长的尾音来不及消弭，就出现第二、第三、第四声击打。于是开始变成结束，结束又承接着开始，风铃的涌动形成一个混乱、凝重的风圈。

侯叔诚起晚了。他脚边的黑猫阿四并没有像往常一样在他的肩上“踩奶”，并用粗糙、干燥的舌头将他舔醒。他猜到发生了点什么。阿四早两年出现了肾功能衰退的状况，手术以后各方面机能都下降了。从那以后侯叔诚就开始有意无意地准备着这一天。他轻抚了一下它的背，他感觉自己的手其实悬在了半空中，并没有真正触摸到它。他记得它半夜还去解了手，还隐约听到它掩埋排泄物的声音。它是什么时候死去的，它感到痛苦了吗？侯叔诚很悲伤，但却哭不出来。他很久没有哭泣过，大部分悲伤就像轻微的灼伤，只是偶尔刺痛着他。将阿四火化之后，他取了一点骨灰，装在一个用空很久的男士香水瓶里。

次日晨间的新闻报道中，气象专家给出了两条西蒙娜可能途经的线路，其中一条直扑舟山群岛，另外一条线路显示它将在上海奉贤海岸附近登陆。侯叔诚并没有把台风当一回事，他决定前往舟山群岛奔赴一场迟到已久的约会，即刻出发。

侯叔诚终于要和清会见面了。他整理了一箱衣服和日用品，给车子加满了油，打开手机导航时他发现几条主要途径的道路都十分畅通，他忽然产生一种不会再回来的想法。

车以六十码的速度在跨海大桥上缓行，一片厚重的乌云裹挟着风团席卷而来，似乎随时都要坠落下来压断桥梁。海面上已没有航行，渔船被粗壮的绳索牵在一起，随着骇浪依次浮沉，不时碰撞在一起发出巨兽般震耳的嘶鸣。侯叔诚感觉车子被风刮得飘了起来，方向盘异常沉重，似乎另外有人帮他掌握着旅程。

进入舟山群岛以后，风浪反而平静不少，甚至能见到零星的阳光，侯叔诚猜台风一定是转向了。不过即使台风可能已经转向，往日熙来攘往的舟山群岛还是清冷不少。本来就鲜有游客驻足的麻埠岛更是如此，轮渡售票处前空荡荡的，只有二两旅客正在检票，然后钻入了码头的暮色中。侯叔诚没有乘坐车客渡，而是把车停在了码头附近的地下车库，和夜归的人们一起乘坐普通轮渡登岛。

清会讨厌陆地。她曾说过陆地使她无法停止生长，导致她骨质疏松，精神涣散，整个人都失去了密度，只有回到岛屿才能让她重新聚拢。他们在一起时，清会常常为了这事而焦虑。以后你会陪我回岛吗？她问。侯叔诚总是微微点头，但一言不发。毕竟岛屿太遥远，太不方便了，在上面过一辈子肯定很无聊。清会也总有一天会想明白。没想到毕业以后，清会的奶奶就去世了。她继承了奶奶唯一的遗产——一栋建在麻埠岛上的乡村别墅。从此她离开城市过上了岛屿生活。她当然没有邀请侯叔诚一起住过去，那时他在上海已经有了工作，一切刚刚稳定下来。她没有强人所难。十几年过去了，他再也没有她的消息。最近他从一些朋友们口中得知，她独居多年，不爱与人来往。据其中一位探访过清会的朋友说，她可能患上了某种未知的“不治之症”。

一年前，清会忽然打来电话，邀请侯叔诚去岛上做客。本来他是没有勇气见她的，他知道他们的关系已无从修补。不过正因为有了那些纷杂的流言，他才有借口来。他的余生不能在消磨流言的趣味中度过。如果再不见面的话，关于清会的一切将不可辨别，最后成为流言本身。

2

船靠岸后侯叔诚在码头等了十分钟左右，清会的红色小汽车便出现了。她和他想象的不一样。他猜想她或许还是美的，但肯定没有眼前这么遥不可及，以至于见到她的时刻，那些炙热的念头像瞬间化入水中的棉花糖一样消失了。她绝对不会对他抱以同等的爱了。

车子驶过城区，进入一片荒芜地带。路边的破旧房屋大多没有人住，还有一些被拆了一半。路上，他们没有刻意寒暄，话题跳跃、重复，一如车外闪烁的单一光景。就在侯叔诚怀疑这趟旅程永不终结时，车子停下了。

清会的宅子建在平地上赫然凸起的陡峭山坡上，阴面能远眺涌动的大海和几座时隐时现、不知是否有人居住的小岛。房屋被厚重的冬青和致密的暗紫色绣球团团包围，依稀能看到屋檐和飘窗。一条鹅卵石铺就的小路就在脚下，蜿蜒至一幢干净通透的两层楼房。宅子的外部并不起眼，承袭着中国特有的乡村别墅建筑风格，墙面也没有仔细粉刷过，显出凋敝的疲态。不过宅子里面的布置倒很讲究，从客厅来看，装饰之间存在着明显的冲突，但又保留着隐约可见的层次和美感。客厅整体被粉刷成浓郁的翡翠绿色，深栗色亮皮沙发上堆着几个雪白的仿皮草靠垫。墙壁上挂着热带风格的画作，可能是弗里达的作品。一道涨满墨色竹叶的中国屏风阻隔着客厅与玄关。侯叔诚忽然有种错觉，房子虽然不大，却分明有着比实际更多的房间。他感到玄关那头不时飘来烟草、咖啡、酒精和枯败植物的味道。他对清会说这儿的布局挺奇怪。她回答那不过只是一种错觉。

侯叔诚提议去镇子里的夜市吃海鲜，清会拒绝了，她晚上从不出门。他们在昏黄的客厅里简单吃过晚餐，然后一起收桌、洗盘。窗外传来隆隆的雷声，刚才侯叔诚还以为是飞机起降的声音。这会儿雷声更加明确，空气中也多了一丝暴风雨前的独特气息，可以肯定马上就要下雨了。清会正摆弄着一台咖啡机，看起来技术有点生疏。这时狂暴的风声呼啸而来，伴随着大雨倾下的声音。雨水混杂着清新的泥土气息不断翻滚进屋子里，侯叔诚连忙关上了那扇窗户。

那台倔强的机器终于吐出了浓香四溢的咖啡，清会满意地将咖啡递给侯叔诚。

“西蒙娜来了。我听气象预报说，台风可能要在舟山登陆。不知道这房子会不会被刮走。”侯叔诚喝了一口咖啡说。

“西蒙娜？”

“台风西蒙娜啊。”

“哦，他们还给台风取了个名字。你还是和以前一样，对这些事情特别感兴趣。”

“台风的名字都挺温柔，据说这是气象界的一种迷信。他们希望温柔的名字能带来好运，减小台风的破坏力。我记得你写作的时候也有迷信。无论写什么，都要先给所有的人物取好名字才能动笔。否则一个字也写不出来。”

“还有这事儿？我自个儿都忘了。”

清会低下头，好像想到了什么忧愁的事。她已经很久没有写作。风雨愈发猛烈。他们听见远处有玻璃被打碎的声音。侯叔诚想换个话题，却不知怎么说起了阿四的事情。他告诉清会，阿四前两天夜里走了。

“还好那时我醒着，握着它的爪子。它发出那种猫科动物愉悦时特有的咕噜声。”

侯叔诚发现清会几乎要哭了，他顺势从西装内袋里捧出了香水瓶，就像捧出自己的心脏。

“阿四的骨灰。”

“这么点儿?”

“只是一部分。”

“我能打开闻闻吗?”

“当然。”

侯叔诚把喷头被去掉了，用一个精心削过形状的软木塞封住了瓶口。他知道总有那么一个时刻，他有机会把它展示出来。

清会小心翼翼地拧开了软木塞，轻微一嗅，又立刻把软木塞捏进了瓶子里，好像生怕阿四从香水瓶里跑出来。

“没想到……”

“没想到什么?”

“它闻起来像肥皂。”

清会难过得哭起来。侯叔诚将抽泣的清会揽在怀里，说起他们领养阿四那天的情形。他谈论它粉色的鼻子、柔软的肉垫、贪食的习性，以及爪子间弥散的复杂气味。阿四的形象忽然超越了物种的局限，被传递到更高处。他们不自觉地相信失去的正是自己的孩子。清会渐渐停止啜泣，她反而说起更多离世的人。谈论死者让他们更加亲密，清会甚至开玩笑称自己是一个不折不扣的谋杀犯。她写小说的时候，死亡是永恒的主题。

“也许你该好好统计一下，到底在小说里杀了多少人。你的主人公们总是在参加葬礼。”侯叔诚道。

清会噗嗤笑出声来。

晚上，清会安排侯叔诚睡在一楼的客房里，紧挨着她的主卧。他们仅仅隔着一道墙，由于隔音不好，他甚至还能听到她翻动书页，起身倒水，后来她关了灯，声音渐渐减弱、消失，就像没有人一样。侯叔诚感到失落。他怀疑清会早已忘记他们之间曾经那么亲密，是彼此的中心。

半夜，风雨小了。侯叔诚在院子里抽了会儿烟打算回屋睡觉，他忽然听到楼上好像有人正在小声说话，仔细听时声音又消失了。

3

一早，清会就往镇子里去了。她留下的字条上写着：一个钟头后回来。侯叔诚本来想去海边转转，却被突如其来的喧哗攫住了脚步。他再也无法忽视这些声音，只能随着人声密集不断往深处去。穿过屏风后他攀上楼梯，一条幽深的走廊横亘在眼前。果然这所房子比看起来要大得多。走廊两侧分布着许多房间。他感觉迈入了一艘大型邮轮的客房部，两边的房间正在随着巨浪来回摇摆。房间里不时传来各种古怪的喧嚣，其中一间的门虚掩着，好像正在等待着被推开那样，侯叔诚忍不住透过缝隙偷偷往里看。门打开了。

“你来得正好。”一个穿着体面的年轻人朝他点头示意。会客厅里光线不足，几盏水晶吊灯发射出幽暗的灯火，显然已经入夜。在一堆杂乱的书籍、烟头、空香槟酒瓶中坐着几个外表出彩的人物，他们看上去都喝多了，正挨在一起大声聊天。另外地上还横躺着一个完全喝醉、正呼呼大睡的人。经过简短的自我介绍，侯叔诚很快认识了房间里的人，他们自称是清会的朋友。年轻的当代艺术家刚刚在上海举办了一场成功的艺术展，主题为“万物与虚无”。展厅是一件不足四平的小屋，里面空无一物，墙面用特殊的隔音材料隔绝了外部的所有声音。每次只能进入一人，他将在屋内聆听一分钟的虚无之音。据说展厅外每天都排起长龙，大家都想感受真正的“虚无”。

“当代艺术太肤浅，它们传递的信息和体验不准确。”宇宙哲学家大声说道，几乎挥起了手。她穿着棉麻面料的酒红色法式套装，头上包着宗教主题的头巾，看上去时髦又有趣。她刚才已经向侯叔诚介绍了她的理论，她认为万物的基本单位是一种类似于量子纠缠的信息，因此宇宙整体就像这些信息连接起来的大脑一样拥有独立意识，人类即是万物中最高意识的体现。侯叔诚钦佩这种宏大的宇宙观，但他无法完全理解宇宙哲学家的意思，也不明白这位女士该用数学、物理，还是研究哲学的方法去论证她的观点。

“不准确?”

“请问你使用的隔音材料是百分百隔音的吗?”

“这不是重点。”

“到底是不是百分百隔音的?”

“严格来说隔音效果无法达到百分之百，因为每天参展的人数众多，所以我们没有配备耳机。总而言之，我们关注的是个人体验。设备是其次的。”

“任何设备都应该非常精确。如果由于设备达不到效果而听到许多杂音，那何来“虚无”的体验？这就是为什么我对当代艺一直抱有怀疑态度。”

“你的意思是当代艺术一无是处？”

宇宙哲学家笑而不语。

当代艺术家看上去有些恼怒，他转身问侯叔诚：“我想听听您对当代艺术的见解。”

“相比之下我更喜欢传统艺术。也许我对当代艺术的理解还不够深入，当代艺术是一门需要被阐释的艺术。”侯叔诚诚实地说。

“你错了。其实当代艺术是一门‘决定的’艺术。你决定做当代艺术家，那你就是当代艺术家。”正在一旁翻书的评论家突然插话道。

众人哄笑。这时收藏家向大家展示起他最新的藏品：一个吉他拨片。拨片很普通，是浅蓝色的，据说特别之处在于每次使用拨片拨动琴弦，拨片的接触面会逐渐发白，变成富士山的样子。“旅游纪念品的把戏。”说话的是一位留着山羊胡须的陨石猎人，他刚从摩洛哥的沙漠地带找到一颗 L6 球例状陨石。

众人再次哄笑。收藏家又把拨片细心包好，放进了精致的收纳盒中，然后为自己倒了一杯气泡酒，兀自站到一个角落里，好像消失了一般不再关心场上的人。

刚刚还在与翻译家热聊的评论家忽然一蹬腿，滑到了话题中心，唯独他坐了一张灵活的旋转椅。他跷着二郎腿，正在用火柴点燃嘴里的手卷大麻。火、烟雾，吞吐幻化出一片原始森林。他近乎沉迷地说道："只有当夜幕降临，智慧女神之枭才展翅飞翔。收藏家灭绝之时也是他被理解之日。"说话时评论家的嘴里仍然衔着烟，仿佛那已是他身体的某个新鲜的器官。

"本雅明。"宇宙哲学家附和道。

"其实我对本雅明并不感兴趣，他的观点并不新奇。他的《机械复制时代的艺术作品》通篇都在摆架子。摄影师、策展人、评论家倒是喜欢提到这篇文章。不过他们都没搞清楚，这篇文章的德文原标题跟'机械复制'毫无关系"。

"毫无关系?"当代艺术家问。

"本雅明的这篇文章只字未提'机械复制'，而是讨论了审美与政治还有权力关系，主要涉及马克思主义、批判法西斯政治宣传（美化政治生活）以及电影和技术的复制性等。翻译家可以为我作证。"评论家双腿轻轻一蹬，又流滑到翻译家面前，拍了一下他的肩膀。这一套潇洒流畅的动作让人联想到热带森林里滑翔的鼯猴。

翻译家连忙摇手说："我不懂德语。我搞的是俄语翻译。不过我听说，无论哪一稿的德语原著，都没能在本雅明生前出版。"

评论家狡黠一笑说："Das Kunstwerk im Zeitalter Seiner Technischen Reproduzierbarkeit。德文里的'technischen'的意思是'技术的'，不是'机械的'。所以准确的题目应该是'在其技术复制性时代的艺术作品。'"

在地上睡了很久的先锋作家已醒来多时，他拧开摔在身旁的半瓶香槟，又灌了几口，然后说："翻译家为作品辩护，作家在自己的作品中失去自由。而评论家不过是永远被囚禁在他人的作品中人。"说完他肆无忌惮地大笑起来，然后竟然又毫无征兆地睡了过去。

侯叔诚感觉自己似乎进入了"万物与虚无"的展览现场，此刻只想逃离。他起身向大家告辞。他发现清会已经回来，此刻正在客厅的沙发中小憩。他推醒了她："家里有客人?"清会睁开了蒙眬的眼睛，用懒散的声音说："他们呀。"然后她牵着他重新回到那间屋子，迎门的依然是当代艺术家，他说起在上海的展览，而美丽的宇宙哲学家正摇曳着身姿走来。房间里的一切又重复发生了一遍。客人们说着同样的话，做着同样的举动，好像正在排演一出戏剧。

4

清会告诉侯叔诚，刚才会客厅里发生的只是她刚才的梦。自从她回到这栋宅子以后，她梦里的事物有时会变化为实体，突然出现在房间里。一开始还只是些容易处理的小物件，比如丢失了很久的珍珠手链、多年前没有织完的手套，或者大量存在或不存在的书籍。她只要把这些物件收拾整齐，摆在不常去的房间里，过一段时间它们自己就消失了。后来她梦到过猫、孔雀、犀牛，甚至还有一对连体白猿，这些也都好处理，因为住得偏僻，把它们关上一阵子绝不会引起什么轰动。不过一旦人跑了出来，就不好办了。

“他们会到处乱走，有时还会开我的车子到镇子里转悠。好在当我淡忘这些梦境的时候他们就消失了，还没来得及在这个世上兴风作浪就消失得无影无踪，有时我还觉得挺惋惜，毕竟他们中的一些人是那么漂亮。”窗口忽然吹入一阵清冽的风，清会将手臂紧紧环抱着自己，继续说：“后来我才知道我再也不能放任他们了，否则我就会像《呕兔》里的主人公那样，不断吐出兔子，最后只有死路一条。”

“怎么了？”

“有一天他突然出现在我床边看着我，看得我心里发毛。”

“他？”

“他就是你。又不完全是你。我无论如何也忘不掉这个梦，他几乎每天都出现在我眼前，这么个虚幻的人，表情里竟然带着惊人的智慧。我有点怕他。”

“后来呢？”

“我把他杀了。把他锁在厨房里以后打开了煤气。我把他埋在了后院的一棵樟树下。然后哭了很久。从那以后我开始学习控梦，后来我渐渐可以管理这些梦。于是就有了这些房间。”

自从清会学会控梦以后，梦的逻辑开始清晰。她会精确地使用潜意识，也能不留痕迹地为每一个人物编造历史和情感。她说这就跟写小说一样容易，但要有趣得多。等到梦境完全被遗忘的时候，房间就会消失，被新的房间所替代。反之那里的一切将会再次上演，这也解释了为什么会客厅里的事情又发生了一遍。

侯叔诚听罢并没有害怕或是担忧，甚至还有些感动，他们拥抱在一起，好像回到了过去的时光。那天他们去了海边，他们发现远处的群岛忽然消失了，兴许是海平面逐渐升高淹没了它们。后来他们回到家里，用电子音箱放了一下午齐柏林飞艇，那是他们大学时才会听的歌。

清会又告诉他，这里也有一些不会消失的房间。

她喜欢这宅子，不单因为它通透、舒适、远离城市。还因为它承载着诸多往事（这里曾是祖父母和父母的唯一的住所），也尘封着她童年的所有回忆。如今，她的祖父、祖母、父亲、母亲都相继去世，这栋房子成为她一个人的住所。她理所应当地回到这里，代替他们住进去，清扫房间、修缮屋舍、管理回忆。她相信无论她怎样改建、装修这栋宅子，其中的信息并不会发生任何改变。它们会逐渐叠加，向四方生出旁枝，但却不会消失。没有什么会真正消失。所以她再也不会为了过去而悲伤。在这些被无限的梦境编织出来的房间里，无数古老的星系走向湮灭，无数崭新的宇宙正在孕育，所有的瞬间都将化为永恒。

午后，清会为侯叔诚打开了“会客厅”隔壁的房间，一股陈旧的灰尘气息扑面而来。地面上铺满了上个世纪的彩色小人书、水彩铅笔还有卡通贴纸。一个留着“游泳头”的小女孩蹲在地上，正把地上的物品贪婪地往书包里装。她的书包上印有美少女战士的图案，看起来寻常大小，却好像永远都装不满。侯叔诚似乎能感受到女孩眼中折射出的快乐的光芒。不过，很快温馨的场景就被打破了，他赫然发现女孩身后的白色罩子其实是一个全身披着床单的人形。就像一个幽灵。

“别怕，它很安静。”清会说。

幽灵眼睛的部分戳了两个洞，露出青灰色衰老又平静的眼眸。他一直在观察着女孩。

“这些年我一直反复做这个梦，地上的物品都是我丢失的东西。梦里我竭尽全力想把这些物品装进书包，但到头来书包总是空的。这间房间从未消失过。那幽灵也反复出现在我的梦中。一开始我很害怕，不过后来我发现它很温顺。”

清会又打开了另一个房间说：“这个房间最有意思。”

那里已是晚上，宽阔的广场上站满了喜悦的人。他们抬头望向高处，月球离地表不足百米，仿佛稍一伸手就能触摸到它布满尘土、凹凸不平的表面。一些人正手持提桶，驾着云梯往月球上去。虽然那里看起来还很远，但他们很快就满载着一桶桶白色的“月乳”回来了。

“这里是《宇宙奇趣》的现场。”侯叔诚惊喜地说。

“要去那上面散散步吗?”清会指着头顶巨大的，甚至有些恐怖的星球。

“还是不要了。”侯叔诚忽然觉得那里并不有趣。当亲眼见到向往已久的景色时，它们瞬间失去了光彩。

夜里他们得到消息，西蒙娜将在次日凌晨袭击舟山群岛，具体登陆地点就在麻埠岛海域。政府紧急疏散了附近的渔民，将他们转移到了岛上唯一的室内体育馆。不过住在山坡上的清会并无人问津。好像人们早就忘记这栋宅子里还住着人。有人或无人，一日或永恒，在这里并没有什么区别。

那晚他们拥抱着入睡。清会在侯叔诚的耳边轻声说，她总觉得有一双陌生的眼睛正从身体里往外看。清醒时，也偶尔想不起自己是谁，身处何方。她的身体正在被别的未知物质所侵占。“有一天我梦到了可怕的事情。这个世界正在变成一个更大的房间。所以我希望你来，如果你在的话，至少我知道我也在。”

“放心，以后我也住在岛上。”

他们听到风暴登陆的声音，像一个愤怒的巨人，踏着骇浪，抚摸骸骨，将夜晚折叠……

这时他感觉有人推开了房门，轻步走进房间。一道光线射来，是清会。她穿着一件碎花吊带裙，大部分的肩膀和后背都裸露着，露出健康、柔软的皮肤。她看上去很年轻，比他们分别时更年轻。

“我刚和那家人联系了，他们让我们现在就去。”

“谁?”

“猫的主人啊。赶紧走吧，他们只有上午有空。”

清会一定又开始做梦了。

临走时，侯叔诚在穿衣镜里瞥见了自己的模样。就连他也一同变得年轻，似乎还有点陌生了。约莫两个钟头以后，他们终于在一栋狭小的公寓里见到了那窝刚满月的乳猫。它们吸过了乳汁，圆滚滚的肚皮让它们行动不便，总是走一步摔一步，着实可爱。

“就它吧。”清会轻轻捧起其中的一只说，“挺好闻的，有股肥皂的味道。”

被捧在手里的乳猫浑身雪白，没有一丝杂色。那一刻侯叔诚天真地相信“现实”开始从另一个方向生长，于是他安然遗忘。风眼中一切超然平静。一只蝴蝶停留在致密的紫色绣球上。形成了风暴的中心。